両の乳房を愛撫しながら、アレックスの頭が下へと移動し、
マリーの美しいボディラインを舐め下ろしていき、
臍を舐められた瞬間、
腰が溶けてしまうほど感じてしまった。
JN264781
Illustration©Ryuu Sugahara

Tiara Label
ティアラ文庫

蜜愛
銀伯爵のシンデレラ

沢城利穂

presented by Riho Sawaki

プランタン出版

イラスト／すがはらりゅう

目次

※本作品の内容はすべてフィクションです。

✝ プロローグ　天使のような少年と

ピカデリーサーカスのY字路を、黒塗りの自動車《タクシー》が黒煙を噴かして走っていく。

九年後に完成する百貨店予定地まで歩こうものなら、鼻が煤《すす》だらけになってしまうほど、霧の都、ロンドンは車も人もひしめき合い、今が盛りとばかりに活気に満ち溢れていた。

十九世紀より貿易で栄えたイギリスの象徴とも言うべき蒸気機関車や紡績工場、鉄鋼工場から立ち上る煙も相俟《あいま》って、石造りのロンドンの街並みはすべてが灰色で、空もどことなく灰色がかった空の色をしている。

その夕陽に染まる赤灰色の空に立ち上る細い煙をぼんやりと凝視《みつ》め、マリーは残りのゴミを火掻き棒を使い、慣れた手つきで焼却炉へ押し込むと、お気に入りの木陰に腰を下ろしつつ、庭で遊ぶ孤児《きょうだい》たちの楽しげな声を聞くともなしに聞き、ため息をつく。

（本当はトニーの当番だったのに……）

とても口には出せないが、マリーは心の中で不平を洩《も》らす。

焼却炉の当番は、日替わりで孤児たちがシスターに付き添われて行われるのが常であったが、当のトニーは当然のようにマリーへゴミの焼却当番を押しつけ、今は年下の孤児たちを従え、庭で元気にサッカーを楽しんでいる。

そしてシスターたちも、トニーが当番をマリーに押しつけているのを知っていながら、まだ九歳のマリーが独りで火を扱っていても、誰も付き添ってはくれない。

なにもトニーが特別な孤児という訳ではなく、他の孤児たちもトニー同様、臭いゴミの処理はマリーに任せきりで、いつの頃からかマリーがゴミの焼却係となっていた。

酷い時にはゴミの焼却ばかりではなく、食後の食器洗いも部屋の掃除も押しつけられる始末で、ある意味マリーが特別扱いを受けているとも言える。

二十世紀に突入したにも拘《かか》わらず、奴隷制度の名残か、イギリス人よりも東洋人の血が色濃く出たマリーの容姿がすべての元凶である。

瞳こそ薄蒼色《アイスブルー》だが、その大きな瞳を縁取る長い睫《まつげ》毛と、背中まで伸びた髪はブルネットというより芯のある漆黒であり、顔立ちも彫りは深いが東洋人特有のオリエンタルな顔立ちに、シルクのように滑らかなベージュの肌をしている。

まだ東洋人は珍しく、一番拓《ひら》けたロンドンでも東洋人というだけで眉を顰《ひそ》められる時代。

マリーを産み落としただろうイギリス人の母も、マリーの容姿を見るなり、ここ聖マリアンヌ教会児童養護施設の前へ、置き去りにしたのだろう。

故にマリーは自分の容姿が大嫌いであった。他の子と同じように金髪や茶髪、赤毛がい い。まるで烏《からす》のようで不吉だと忌《い》み嫌われる黒髪以外なら、どんな髪色でもよかった。肌も皆のようにそばかすが浮いた白い肌で、顔立ちも同じようになりたかった。

そうすれば母もマリーを捨てずに育ててくれたかもしれない。

たとえ捨てられたとしても、他の孤児たちのようにシスターへ甘えられて、シャワーも一番最後ではなく、ボイラーのお湯がなくなり水のシャワーを浴びずに済むかもしれない。同い年のアンやスティーブや他の孤児たちのように、どこかのお金持ちが養子縁組をしてくれたかもしれないのに、と、そこまで考えて、マリーはありもしない幻想を打ち消すよう首をぷるぷると振った。

揺れる髪は、神様にどんなにお祈りをしても黒髪のままで、変わる事はない。

顔を見るのがいやで、鏡さえまともに見ていないが、皆が猿のようだと言うくらいなのだから、きっと醜《みにく》い自分は養子縁組が成立する事もない。

十八歳になったら施設を出て働かなければいけなくなるが、この醜い容姿のお陰でまともな仕事に就く事も出来ないだろう。

神に操《みさお》を立ててお仕えするシスターになる道もあるにはあるが、聖マリアンヌ教会の貧しさを思うと、シスターとして迎え入れてもらえる可能性はないに等しく、将来の事を考えれば考えるほど、鬱々《うつうつ》とした気分になってくる。

いっそ燃えさかる焼却炉の中にとび込んでしまおうかと思い詰めるほど、子どもながらにしてすべてを悲観し、いつものように燃え尽きる寸前の炎を凝視めている時だった。

誰も寄りつかない裏庭の茂みが、ガサリと音をたてるのを聞き、マリーはハッと音のした方向を振り返った。

シスターの前ではいい子の振りをしているが、陰でマリーをいじめているひとつ年下のラルフが、またスカートを捲《めく》りに来たのかと身を竦《すく》めたが、そうではなかった。

幼いマリーが見てもわかるほど、とても仕立ての良い黒の燕尾《えんび》服に、磨き抜かれた革靴を履いた少年——といってもマリーよりずっと年上の青年になりかけの少年——が、フラフラと歩み寄ってきたかと思ったら、驚きすぎて動けないマリーの前へ座り込んだ。

「驚いたな……君は東洋人？　それともお伽《とぎ》の国の姫君？」

「……っ……」

「暗くてよく見えないな。もっとよく顔を見せてくれないか？」

「い、いやです……見ないで……」

後ずさるマリーへ顔を近づけてくる少年からはアルコールの強い匂いが漂ってきた。

実際に見た事はなかったが、きっと上流階級の子息が通うパブリックスクールの生徒だろう。まだ夜でもない時間、いや、未成年の分際でアルコールを嗜《たしな》み、酔っぱらった気まぐれに施設へ入り込んだのだろうか？

　そんな不良少年に真っ向から東洋人かと訊かれ、マリーはばかにされるのを覚悟して口《くち》唇《びる》を引き結んだが、少年は黒髪をひと束掬《すく》い上げてくちづけた。

「隠す事はない。いろいろな東洋人に会ったけど、オレが会った中で一番綺麗なリトルレディだ。孤独でありながら辛抱強く、清らかで美しく――オレとはなにもかも正反対だ」

　くっくっと喉《のど》で笑う少年がなにを言わんとしているのかわからない。酔っぱらいの戯《ざ》れ言にしか聞こえなかったが、孤独や悲しみに敏感なマリーは、少年になにか悲しい事があったように思えて、思わず少年の頬に触れていた。

「なにがそんなに悲しいの……？」

「……っ!?」

　少年はマリーの言葉に弾《はじ》かれたように顔を跳ね上げた。

　孤児のマリー如きが上流階級の人を触った事に怒っているのだと慌てて手を引くと、少年は怒るどころか驚いたようにマリーを凝視めていた。

「君は……」

「ご、ごめんなさい……汚れた手で頬を穢《けが》してしまいました」

「……いや、構わない。構わないが……君は聖母マリア？」

　まだ驚いた表情を浮かべている少年に負けず、マリーも大きな瞳をぱちくりさせた。

「……私がマリア様……?」

施設内で虐《しいた》げられているせいで、聖母マリアに喩《たと》えられた事が一瞬わからなかったのだ。遅れて理解したが、所詮酔っぱらいの戯れ言だろう。皆が一様にマリーの容姿を忌み嫌っているのだ。そんな自分がマリア様のように綺麗な筈《はず》がない。

「そう、君こそマリアに違いない。見つけた。オレだけのマリアだ……」

「え……?」

少年が熱く凝視めてくるのにたじろぎながらも、マリーは言われた言葉に眉根を寄せた。しかしけっきょく上手い言葉が返せず戸惑っているうちに、その少年はその日初めての笑みを見せ、芝生の上にごろりと横になり目を閉じた。

「酔いが醒めるまで少しここで眠らせてもらうよ」

「だ、だめです!　こんな場所で……上等な服が汚れてしまいます」

「構わない」

それきり少年はマリーには構わず、気持ち良さそうな寝息をたて始めた。

季節はうららかな春であるが、もう夜も近いこれからは、急激に寒くなる季節でもある。しかし起こすに起こせずに困ったマリーは、自分の肩に掛けていた薄いコットンのショールをジッと凝視めてから、思いきってそれを少年の身体に掛けた。

少年にとってはボロ布《きれ》にしか見えないだろうが、これで寒さも少しはしのげる筈である。

母との唯一の繋《つな》がりである、赤ん坊の自分が包まれていた思い出深い白地に赤のチェック柄のショールであったが、今のマリーには唯一の私物であるそれしか少年に与えられなかったのだ。

(マリア様だなんて……私よりこの人のほうが天使みたいに綺麗だわ)

薄闇のせいで金髪か白金色《プラチナブロンド》の髪か、それとも銀髪かはわからなかったが、薄闇の中でも発光しているような柔らかそうな髪に思わず触りそうになったところで、夕食の時間を報せる鐘が鳴り響き、マリーはハッと我に返ってその場を走って逃げた。

ボロ布を掛けた事を怒られるかもしれない、という思いと、生まれて初めて褒めてもらえた複雑な照れくささもあり、それになにより、酔いが醒めた途端に人が変わって、醜い東洋人だと蔑《さげす》まれるのが恐ろしいのもあった。

あの綺麗な人から汚い言葉を聞きたくない。その一心で宿舎まで走ったマリーは、走ったせいだけではなく初めて感じる甘苦しい鼓動に戸惑っていた。

しかし宿舎に入るなりトニーに見つかり、煤だらけの顔を笑われてしまい、すぐに現実に引き戻され、マリーは涙を堪《こら》えて廊下を走って逃げた。

洗面所で久しぶりに鏡を見れば、言われたとおり煤だらけの酷い顔になっている。

やはりあの言葉は酔っぱらいの戯れ言だったのだと思うと、渡したショールの分だけ肌寒くなり、心が想像以上に萎《しぼ》んでいく気分であった——。

✝第一章　銀の伯爵は求婚する

「あ……」

薄暗い廊下を独りで黙々とモップ拭《ふ》きをしていると、遠くからうっすらと楽しげなファンファーレが聞こえてきた。

（百貨店《ハロッズ》に王族の誰かが来店したのね……）

巷《ちまた》を騒がせている百貨店は、既に王室御用達《ごようたし》という輝かしい名誉を戴《いただ》き、今や上流階級の人々がこぞって買い物をしているという。

だがマリーにとっては遠い世界の出来事。十八歳になっても買い物をした事など一度もなく、物心ついた時から同様、聖マリアンヌ教会児童養護施設の雑用を、年を重ねた分だけ大量に押しつけられ、それを文句も言わずにこなしていく毎日だ。

しかし世間が百貨店の話題でもちきりという事は、つまりはマリーにとっては、長年暮らしていたこの施設から、出ていかざるを得ない年齢になったという事でもある。

幼い頃に予感していたとおり、とうとう施設に入所していられる限界の十八歳まで、一度も養子縁組の話はなかった。時折、施設へ養子を探しに上流階級の人が訪れても、マリーだけは呼ばれる事などなく、裏庭の木陰でジッと隠れているしかなかった。

それだけ施設にとっても、マリーは異質で持て余し気味の存在と位置づけられていた。

成長するにつれ西洋人の彫りの深さとオリエンタルな顔はさらに際立ち、神秘的な——ラルフに言わせれば悪魔的で罪深い——顔つきになり、腰まで伸びた真っ直ぐな黒髪はサラサラと音をたてるほど張りがあり、魔的な雰囲気をさらに強調しているようであった。

ロクに食べ物も与えられていなかったが、手足の長さと身長、そして持て余すほど膨《ふく》らんだ大きな胸に括《くび》れた腰だけは、イギリス人の母の血を受け継いだようだ。

(この黒髪も身体も、なにもかも大嫌い)

もっと他に似てほしいところばかりが東洋的で、マリーのコンプレックスは身体の成長と共により強くなっていった。そのせいでただでさえ引っ込み思案であった性格はさらにマリーをおとなしくさせ、いたずら盛りの小さな孤児《きょうだい》たちにさえ、悪口を言われても注意も出来ず、肩身の狭い思いを余儀なくされていた。

それでもマリーは前向きに生きようと懸命であった。まだ東洋人への風当たりが強い世間へ出るよりは、施設のほうが何倍も住み心地がいい筈だからだ。

パンと寝床があるだけ幸せなのだと自分へ言い聞かせ、マリーは神様への感謝の祈りも欠かしていない。たとえ悪魔と罵《ののし》られようが、せめて心だけは神様に捧げる為に無垢《むく》なままであろうと自ら懸命《けんめい》に奉仕をし、正直に生きてきた。

その甲斐あってかシスター長だけは、マリーの事を気に懸《か》けてくれるようになり、毎日奉仕をしているマリーを褒めてくれる事もあった。それだけでも生きる張りがあるが、それともうひとつ。マリーにとって、楽しみな出来事がある。

それはいつの頃からか毎月決まった日にちに、ミスターJと名乗る紳士より、施設の孤児たちへ贈り物が届くようになったのだ。

贈り物は食べた事もないような甘い菓子であったり、マリーを現実から別世界へ誘ってくれるお伽《とぎ》話の本であったり玩具であったりして、いつしかマリーだけでなく孤児たち全員が毎月二十四日を心待ちにするようになった。

当然マリーへの配分は少ないものの、クリスマスイヴには一人一人にプレゼントが行き渡るよう大量の贈り物が寄せられるお陰で、マリーも毎年イヴになると宝物が増えた。

ミスターJにもらったプレゼントは、どれもすべてがキラキラと輝き、見ているだけでマリーを幸せな気持ちにさせてくれるのだ。

しかしマリーの誕生日は今月の十二日。その日を境に社会へ放り出されてしまう。

（今月のプレゼントはもらえるどころか……）

職にあぶれて路頭を彷徨《さまよ》っているかもしれない。意地悪なラルフは物珍しい容姿を活かして、貴族相手の高級娼婦《しょうふ》になればいいと言ってくるが、本当に娼婦という仕事以外、就《つ》けないかもしれない。それを思うと背筋が凍るような戦慄《せんりつ》が走る。

娼婦がなにをするかは、ラルフによって二年ほど前に教えられた。

その頃からラルフはスカート捲《めく》りをするだけでは飽きたらず、時折マリーを誰も近寄らない物置部屋や、神聖な祈りの時間が終わり、静かになった祭壇の裏へ引き摺り込み、悪魔祓《ばら》いをしてやると称しては、マリーの胸を見たがるようになった。

胸を見せなければ表に出る事も許されず、髪を引っぱられたり抓《つね》られたりするので、マリーは仕方なく薄いブラウスを脱ぐ羽目になっていた。

あまりの恥ずかしさに胸を隠そうものなら、両手を剝《は》ぎ取られて、いやというほど乳房を揉《も》みしだかれ、薄桃色の乳首を指先で捏《こ》ねるようにクリクリと弄《もてあそ》ばれるのだ。

ラルフに胸を揉まれると痛くて痛くて涙が出そうで、なんて意地悪を思いついたのだろうと思っていたが、ラルフによれば、娼婦は様々な紳士に胸を触らせ、さらに身体の奥に紳士を受け容れて、悦《よろこ》ばせなければいけないという事だった。

具体的なことは教えてくれなかったが、ラルフのほうこそ悪魔が取り憑《つ》いたような態度で胸に執着する様子から、本能的な恐怖を感じ取っていたマリーにとって、それ以上の行為をするなんてとんでもない話だ。到底、引っ込み思案でおとなしいマリーには、娼婦という仕事を全うする事など出来ないだろう。

（だったら他になにが出来るかしら……）

この醜《みにく》い容姿を思うと、明るい未来など想像も出来ず、胸の中は不安でいっぱいになり、暗雲が立ちこめるのだ。

今もまさに暗澹《あんたん》たる気分で、すっかり癖《くせ》になったため息をつきながらバケツとモップを持ち上げて歩き出すと、薄暗い廊下を、一番小さなディールが嬉しそうに走ってきた。

「ミスターJから贈り物が届いたよ！　食堂に来なさいってシスターが呼んでるよ！」

「え……？」

まるで号外を配る新聞配達のように、ディールは喜びに興奮した様子で同じ言葉を繰り返し、あちこちにふれ回っていく。その両手には甘そうな菓子がたくさん握られていて、本当にミスターJから贈り物が届いたのが見て取れる。

いつもよりずいぶん早めの贈り物に戸惑いながらも、最後になるだろうミスターJからのプレゼントを少しでも分け与えてもらう為、マリーも慌てて掃除道具を物置部屋に片付けると、食堂へと急いだ。

近づくにつれ、孤児たちのはしゃぐ声や、シスターたちの弾む声が聞こえてくる。

マリーも逸《はや》る心を抑えつつ食堂を遠慮がちに覗《のぞ》くと、菓子を配り終えたシスターが、孤児たちに着席を促している最中だった。

「さぁさぁ、もう箱は空っぽよ。あら、だめよ、ヘンリー。まだ食べてはいけません。みんなもミスターJへ感謝のお祈りを捧げてからですよ」

この時ばかりはやんちゃ盛りの孤児たちも良い返事をして自分の席に着き、お祈りの為に両手を組む。それを見てなにも与えられなかったマリーはがっかりしながらも、末席に座り、ミスターJへ感謝の祈りを捧げた。

ずいぶん急いで来たつもりだったが、最後のプレゼントはマリーには与えられなかった。とても悲しい事だが、それでも感謝の祈りを捧げていると、パシャリという機械音と共に、目を瞑《つぶ》っていても眩《まばゆ》い光が焚《た》かれた。

お祈りが終わり光の瞬《また》いた方向を見れば、そこには時折、この施設へ慰問《いもん》に来るジェフリー・リンデンバーグ伯爵《はくしゃく》が、新聞記者を連れてにこやかに微笑んでいた。

「やぁ、みんな揃っていてちょうどいい時に来たみたいだな」

金髪にエメラルドを思わせる透き通ったグリーンの瞳。仕立ての良い焦げ茶のスーツを纏《まと》ったジェフリーは、齢《よわい》二十七歳にして由緒《ゆいしょ》あるリンデンバーグ伯爵家を執《と》り仕切りながらも、最近では青年実業家として頭角を現している、とても凛々《りり》しい青年だ。

いつも穏やかな笑みを浮かべ、差別する事なく孤児の一人一人を気にしてくれる心優しい青年でもあり、慰問に来る時は必ず新聞記者を連れて来ては、孤児たちと一緒に写真を撮らせ帰っていくのだ。

「おや、マリー。君はもうこんなに大量のおやつを食べてしまったのかい？」

「……はい。ロード・ジェフリー」

まさか自分だけ与えられていないとは言い出せず、小さな返事をして俯《うつむ》くと、隣の席に座っている孤児の菓子の山から、赤いキャンディーをひとつ摘《つま》んで、さりげなくマリーの前へ置いてくれた。隣の孤児には睨《にら》まれてしまったが、ジェフリーの手前取り返す事も出来ず、その孤児も諦めたようだった。

「君は最年長だからね。特別にもうひとつくらいお菓子を食べるといい」

「あ……ありがとうございます」

思いもかけずキャンディーをもらえて、マリーは大事そうにそのキャンディーを手に包み、頬を染めてジェフリーを見上げると、優しい笑みで頷《うなず》いてくれた。

その微笑みだけで天にも昇る気持ちになれて、他の孤児に声をかけている逞《たくま》しい背中をジッと熱く凝視《みつ》めた。

ジェフリーにとってマリーはただの孤児の一人であり、自分から声をかける事などとても出来ないが、ミスターJの正体はジェフリーだと思うのだ。

東洋人の容姿を気にした風もなく、マリーへ優しくしてくれるのがなによりの証拠だ。

施設へ来れば必ずと言っていいほど一番に声をかけてくれて、時には誰も触ろうともしない髪を撫でてくれる。

頭文字も一致しているし、さりげない優しさを持ったジェフリーこそ、マリーが思い描いているミスターJそのものであり、今も菓子を頬ばる孤児たちを凝視め、穏やかに微笑んでいる姿は、サプライズプレゼントが成功して、満足しているように見えた。

そんな優しいジェフリーに、マリーは仄《ほの》かな恋心を抱いている。

孤児の身分、それも東洋人の血を色濃く受け継いだ身であり、元来の引っ込み思案であるが故、上流階級に生きるジェフリーに想いを伝えようとは思わないが、ただその凛々しい姿を凝視められるだけでいい。あと数日もすればこの施設から出ていかなければいけないが、最後にジェフリーの姿を凝視める事が出来ただけで幸せな気持ちになれた。

「残念だがもう帰らなければ。また時間が出来た時には必ず来るよ。それまで元気でいるんだよ、マリー」

シスターと最後に話をしてから、ジェフリーはくるりと振り返り、マリーの瞳を凝視めながら微笑んだ。

「ぁ……」

視線が合ってしまうだけで頬が熱くなり、気恥ずかしさにマリーが俯いている間に、ジェフリーは新聞記者を引き連れて慌ただしく帰っていった。

滞在時間はほんの十五分程度だったが、忙しい仕事の合間を縫って慰問に来てくれているのだ。もっとたくさんの時間を共にしたいというのは、きっと我が儘《まま》な願いなのだろう。

最後にひと目なりとも見られただけで神様に感謝しなければ。

そう自分に言い聞かせ、僅《わず》かな自由時間を裏庭の木陰で過ごす為、席を立って食堂を出ていこうとすると、シスターの一人が声をかけてくる。

「マリー、シスター長がお呼びよ。掃除が終わったのなら面談室へ行きなさい」

「はい、シスター・クラリス」

面談室という言葉に、マリーはドキリとしながらも返事をして、廊下《ろうか》を歩いていく。

誕生日が間近に迫っているのだ。いつか呼ばれてこの施設から出ていく日付を言い渡されるとは思っていたが、ジェフリーに会えた幸せな日に、最後通牒《つうちょう》を突きつけられるのかと思うと、自然と足取りが重くなる。

そして自らも出来るだけ時間をかけてゆっくりと廊下を歩いている時だった。ふと窓の外に人の気配を感じて見てみれば、そこにはジェフリーの姿があった。

「……ジェフリー様……」

自動車《ロールスロイス》の到着が遅れているのか、ジェフリーは先ほどの優しい表情ではなく、どこか不機嫌な表情を浮かべながら、白い手袋を道ばたに投げ捨てていた。

(なにか汚い物でも触ってしまったのかしら……？)

それにしても、道ばたに手袋を捨てるなんて、優しいジェフリーらしくもない態度に思えたのだが、けっきょくジェフリーは不機嫌な表情のまま、それからすぐにやって来た自動車に乗って去っていった。

（なんだかジェフリー様らしくなかったわ……なにか気に障《さわ》る事があったのかしら？）

しばらくは窓辺に佇《たたず》んでジェフリーの不可解な行動について考えていたが、シスター長に呼ばれている事を思い出し、また重い足取りで歩いていく。

もしかしたら明日にでも出ていくように言われるかもしれない。

私物はミスターJからのクリスマスプレゼントしかないので、荷造りと呼べるような支度もいらないし、厄介者《やっかい》でしかないマリーは、今日にでも追い出されるかもしれない。

どう考えても最悪な状況しか思い浮かばず、心臓がきゅっと絞られるような思いで面談室の扉をノックすると、入室の許可が下り、おずおずと扉を開く。

「お呼びでしょうか？　シスター長」

「ええ、待っていたわ、マリー。こちらへいらっしゃい」

質素ではあるが、年季の入った頑丈なオーク材の執務机に着いている年老いたシスター長は、マリーが目の前に所在なく佇む姿を見上げ、机の上で両手を組んだ。

「もうすぐ十八歳の誕生日ね。おめでとう」

「……ありがとうございます」

やはり話題は出所の話なのだとわかり、祝福の言葉をもらっても素直に喜べず、形だけの感謝を口にすると、シスター長は無表情のまま話し始める。

「あなたはこの施設でよく働き、神への感謝と奉仕の心を持った人物に成長したわ。どこへ出しても聖マリアンヌ教会の名に恥じない、祝福された神の子と言えるでしょう」

そんな大層な人物に成長したとは思えず、そしてシスター長がなにを言わんとしているのかわからずに凝視めていると、シスター長は慈悲《じひ》深い笑みを浮かべた。

「あなたにふたつのいいニュースがあります。まずひとつ。これを預かったわ」

言いながらシスター長は腰を屈《かが》め、執務机の抽斗《ひきだし》から、マリーが見た事もない見事な金色の装飾が施された淡い薔薇色《ローズピンク》の象眼《ぞうがん》細工の小箱を取り出し、マリーへ差し出した。

「これは……？」

「あなたへの誕生日プレゼントだそうよ。カードが添えてあるでしょう」

両手に載るほどの小箱には確かにカードが添えられていた。取り出して読んでみると、それはミスターJからの誕生日を祝うメッセージが確かに書かれていた。

「ミスターJが私に？」

「ええ、蓋《ふた》を開けてみなさい」

言われたとおり小箱を開いてみると、優しくてどことなく懐かしい音色が流れ始めた。

どういう仕組みで音楽が鳴るのかわからなかったが、とても素敵な音色を奏でる小箱の中には、真珠《しんじゅ》で出来た二連のブレスレットも入っている。

「それはオルゴールという小箱よ。ミスターJはあなたを特別に愛しているようね。他の孤児たちの前ではとても渡せない代物でしたから、私が預かりました」

「ミスターJが私を……」

口にしてみたが現実味が湧かず、マリーはただ小箱の中を凝視め続けた。しかし現実味は湧かなくても、胸の鼓動が速くなる。

「その真珠のブレスレットは、とても貴重で高価な宝石です。あなたにとって生涯の財産になるでしょう」

「そんな……そんな高価な物を戴けません」

「ミスターJの正体がわからない今、返品のしようがないわ。ありがたく戴きなさいな」

「けれど……」

いいのだろうか？　そんな高価な物を贈ってもらえるほど、自分に価値があるとは思えない。なのにミスターJは——或《あ》いはジェフリーは、こんなに高価な品物を贈ってくれるほど、気に懸けてくれていたのだろうか？

自惚《うぬぼ》れてはいけないと自分を叱咤《しった》するが、嬉しさが込み上げてくるのを止められない。敬愛しているミスターJの姿が、いつしかジェフリーと重なり、あの優しい笑顔を思い浮かべるだけで胸がときめいた。

先ほどのジェフリーは、きっとマリーの見間違いだったのだ。

（そうよ、お仕事で忙しい方ですもの。厳しいお顔をする事だってあるわ）

仕事で忙しい中、車が来なくてきっと少しだけ苛立っていただけなのだと自分に言い聞かせる事でなんとか納得した。

そしてこの誕生日プレゼントを贈ってくれたかもしれないジェフリーこそ、本当のジェフリーなのだと思えば、胸がドキドキと高鳴るのを止められない。この感謝の気持ちを言葉に出来たらいいのに、ミスターJを名乗っている以上、ジェフリーに伝える事が出来ないのがもどかしい。

「神はあなたにたくさんの試練をお与えになったわ。けれどそれから逃げ出さず乗り越えてきたあなたに、これからの人生は祝福をお与えになるおつもりなのでしょう」

シスター長の言葉に何度も頷き、マリーは小箱を大事そうに胸に抱える。

この先、どんなに辛い事があっても、このプレゼントがあれば頑張れる気がした。

「私、この施設を去っても、頑張って社会に出て真面目に働きます。働いてみせます。どんな仕事でも投げ出さずに一生懸命働けば、きっと神様は見ていてくださりますよね?」

だからもう出所の日を戦々恐々と怯《おび》えずに、いつ追い出されても平気だと覚悟を決めての宣言であったが、それを聞いたシスター長は、なぜだかクスクスと笑った。

「マリー、あなたはここを追い出されると思っているようだけれど、まだもうひとついいニュースがあると言った筈です。長年、養子縁組の話はなかったけれど、あなたを引き取りたいという申し出が昨日、正式にありました」

「えっ……!?」

まさかそんな話が待ち受けていたとは思わずに、マリーは大きな瞳を瞬《しばた》かせた。

「私に養子縁組が……?」

「いいえ、いいえ。そうではありません。養子縁組ではないの」

驚くマリーに、シスター長は慌てたように訂正するが、養子縁組ではないとしたら、いったいどういう話なのだろう?

「……?　どういう事ですか?」

もしや住み込みでのメイドとして、引き取りたいという申し出なのか?

養子縁組を希望する上流階級の人が、他の孤児と面接している時に、たまたまマリーが掃除をしている姿をどこかで見ていて、屋敷中を掃除するにはうってつけの存在だと見初めてくれたのか?

しかしそれでもいい。住む場所と働き口が決まっているのなら、いきなり放り出されて職を探さずに済むのだから、それだけでもありがたい。まさにいいニュースだ。

「あなたを引き取りたいと申し出ているのは、アレックス・J・ウッドフォード伯爵です。伯爵様ですが、貿易業の他にいくつもの事業を興している、とても有能な紳士です」

「アレックス・J・ウッドフォード伯爵……」

マリーはありがたい申し出をしてくれた伯爵の名を、忘れないよう復唱する。

いくつもの事業を興しているというからには、きっと働き盛りの壮年の紳士なのだろう。貿易業も手がけているのなら、東洋人の姿も見慣れているのかもしれない。

だからきっとマリーの容姿には拘《こだわ》らず、働かせてくれるのだ。

「ウッドフォード伯爵はあなたを引き取り、淑女《しゅくじょ》として振る舞えるようになれた暁《あかつき》には結婚を望まれています。おめでとう、マリー。もう辛い水仕事や火の当番をしなくてもよくなるのよ。これからはウッドフォード伯爵の元でなに不自由なく暮らしてゆけるのです」

「結婚!? ま、待ってくださいっ。頭が混乱して……伯爵様がこんな私と?」

信じられない話の展開に動揺して目を瞠《みは》るマリーに、シスター長は満足げな笑みを浮かべてしっかりと頷く。

しかしまだ信じられない。すっかり伯爵邸で働くつもりでいたのに、まさか結婚相手として望まれているなんて、誰が想像出来ただろう。

伯爵という地位の紳士が会った事もない孤児を花嫁に選ぶなど、前代未聞の話だ。

しかも自分でも自覚があるほど、醜い容姿のマリーを花嫁にしようとするなんて。

もしかしてウッドフォード伯爵は、社交界の淑女には見向きもされないほど、醜い紳士なのだろうか?

それとも、前妻に先立たれた年老いた紳士なのか?

どちらにしても孤児である以上、引き取り手が見つかった時点でマリーに拒否権はないのだが、まだ見ぬ伯爵の事を思っても、嬉しい気持ちより不安のほうが大きくなる。

それに結婚だなんて、一生出来ないものだとばかり思っていたのに、降って湧いた結婚話に戸惑いを隠せない。路頭に迷わず引き取り手が見つかった事は嬉しい。しかし引き取られる事に拒否権はなくとも、結婚を拒否する事は出来ないのだろうか？

「ウッドフォード伯爵は、多額の寄付を寄せてくださいました。明後日には迎えが参ります。それまでに荷造りをするのです。神の名の下、純潔証《じゅんけつしょう》を発行しましたから伯爵とお会いしたら、まずこれをお渡しなさい。それからは伯爵の言うとおりに」

「……はい。シスター長」

施設へ多額の寄付を寄せてくれたという事は、心優しい紳士に違いない。そう信じる事で、マリーは自分を納得させようとした。

そしてそれと同時に、ジェフリーへの淡い恋心を封印した。

もともと誰にも知られていない恋だ。マリー自身が心から閉め出してしまえば、なにもなかった事に等しい。

きっとそれでいいのだ。どうせ叶《かな》わぬ恋だったのだから。

それにこれからは辛い仕事を独りでこなさなくてもよくなるのだ。

祝福されて引き取られるのだから、もっと喜ばなければと思うのに、泣きたい気持ちになるのを堪えるので精一杯で、笑顔はとうとう浮かべられなかった。

†　†　†

朝の礼拝を終えた後、マリーはウッドフォード伯爵が寄越した立派な自動車《ベントレー》に乗り込み、いよいよ長年住み慣れた施設を後にした。

車窓からは薄霧の中にぼんやりと、石造りの建物が所狭しと立ち並んでいる風景や、整備された公園が見えていたが、初めて見る景色を楽しむ余裕は、生憎《あいにく》マリーにはなかった。

昨夜から緊張して眠れない夜を過ごし、ミスターJから贈ってもらった二連の真珠《しんじゅ》のブレスレットをお守り代わりに着け、今も本革張りのシートにリラックスして座る事も出来ずにブレスレットを触っていると、運転をしているスティーヴが声をかけてくる。

「車に乗るのは初めてでしょう。気分が優れなかったら、遠慮なく仰ってください」

「いいえ、大丈夫です。ウッドフォード伯爵をお待たせする訳にはまいりませんもの」

「さようでございますか。では、もう少しスピードを上げさせて戴きます」

スティーヴは言うなりアクセルを踏み込み、スピードを上げた。

ブラウンの髪色にフォレストグリーンの瞳を持つスティーヴは、ウッドフォード伯爵邸の執事という事だった。

まだ年若く、二十七歳にして伯爵邸のすべてを執《と》り仕切っているらしい。

「私の他にシェフ兼庭師のクレール、事業の片腕をしているディーノという男以外、側仕えはおりません。ですのでそんなに緊張なさらなくても大丈夫ですよ」

ガチガチに緊張しているのを見抜かれている気恥ずかしさに赤面すると、バックミラー越しに優しい笑みを浮かべられた。

それに勇気をもらい、マリーはおずおずと疑問を口にする。

「あの……では、メイドさんもいらっしゃらないのですか？」

「ええ、アレックスは信用出来る人間以外、傍に置かない主義なのです。お陰で私は毎日、家事に追われて夢にまで見る始末です」

少しおどけた調子で言われて、マリーは微笑んだ。

想像していた伯爵邸と少々異なるが、人が少ないなら少ないだけいい。それだけ奇異の目で見られる機会が少なくなるのだから。

「それにしても驚きました。これほどお美しい方を屋敷へお連れするとは思ってもみませんでした。男所帯でむさ苦しかったですが、マリー様のお陰で屋敷が華やぎます」

「そんな！　私は美しくなんかありません。伯爵様もどうして私のような醜い者を呼び寄せたのか……物珍しい東洋人との混血を、ただ見たかっただけなのでは……」

言っているうちに自分で傷つき、そしてウッドフォード伯爵の真意を言い当てた気がして、どんどん不安になってきたが、俯いたところでスティーヴに一笑に付された。

「どうやらマリー様はご自分を過小評価しすぎのようですね。私はこれでも正直者です。アレックスは誓って物珍しさから、マリー様を花嫁に迎えるつもりではありません」

「だったらなぜ私を……」

「それは本人においおい訊いてみてください。さぁ、もう着きます。ここがあなたの新たな家となるウッドフォード伯爵邸です」

車が静かに停車したところで見渡せば、高い塀とどこまでも続く広い庭に守られるようにして、高い塔を中心に、左右対称の大豪邸が遥か前方に見えた。

ビクトリアン様式とゴシック様式が絶妙に入り交じった、イギリス独自の最先端建築、ビクトリア・ゴシック様式の白亜の邸宅は、マリーにとってみればお伽《とぎ》話に出てくるお城にしか見えず、呆気《あっけ》にとられて凝視めているうちに、門扉を開け閉めに車外に出ていたスティーヴが戻ってきて、車を敷地内へと走らせた。

「車寄せ《ファサード》に着くまで車で十分はかかります。もしも庭を散歩していて迷子になったら、あの塔を目指して歩いてください」

「は、はい……」

近づくにつれあまりのスケールの大きさに、マリーは唯々《いい》諾々《だくだく》と頷いた。

今日からここが自分の家だと言われても、家というにはあまりに豪奢《ごうしゃ》すぎて実感がまったく湧かなかったが。

「さぁ、これで本当の到着です。さっそくアレックスのところまでお連れします」

車からエスコートされて屋敷内へ足を踏み入れたマリーは、内装の素晴らしさを堪能《たんのう》する余裕もなく、スティーヴの後をついていく。

いよいよ対面かと思うと、胸がはち切れそうなほどドキドキしてきた。

いったいどんな紳士なのか。せめて心優しい紳士であるように祈りながら、スティーヴが開けた扉の中へ誘われるように入った瞬間、光を見た――気がした。

思わず目を眇《すが》めたマリーであったが、眩《まぶ》しいと思ったのは、窓から射し込む陽の光を弾く、見事な銀髪の青年を見たからであった。

想像していた壮年の紳士でもなく、醜いどころか美しすぎる青年を前にして、マリーは呆然としながらも凝視めてしまった。

まるで玉座に腰掛ける王のように肘《ひじ》掛《か》けに肘をつき、持て余すほど長い脚を組んだ逞しい青年も、深蒼色《ミッドブルー》の瞳で真っ直ぐにマリーを凝視めている。

上流階級の人々が持つ気品もありながら、どこかギラギラとした血気溢れる雰囲気を持ち、いつか本で見た獅子《しし》のように気高い獣みたいだと感じた。

美しい彫刻のような顔立ちの彼の前に所在なく佇むマリーは、自分がどんなにちっぽけな存在かと自覚させられ、射《い》竦《すく》められそうな視線の強さに耐えかねて、思わず目を伏せる。

やはり実際にマリーを見て、がっかりしたのだろうか?

どうしてひと言なりとも声をかけてくれないのだろう？

いや、その前に自分から名乗るほうが礼儀なのだろうか？

勇気を出しておずおずとウッドフォード伯爵を見上げたマリーは、スカートを摘んで軽くお辞儀をし、用意していた感謝の言葉を口にする。

「は、初めまして、ロード・ウッドフォード。マリーと申します。身寄りのない私を引き取ってくださり、どうもありが——」

「——違う」

「え……？」

腰に響くような甘いバリトンが、マリーの謝辞を遮《さえぎ》ったかと思ったら、それまで余裕のある笑みを浮かべていた薄い口唇《くちびる》が、真一文字に引き結ばれていた。

マナー違反をして不興を買ってしまったのかと戸惑っていると、ウッドフォード伯爵は椅子を蹴るようにして立ち上がり、あっという間にマリーの前へやって来た。

「あ、あの……ロード・ウッドフォード？」

「アレックスだ」

及び腰になったマリーの折れそうに細い腰を掬い上げるように抱きしめ、それ以上逃げられなくすると、ウッドフォード伯爵——アレックスは、ファーストネームを告げるが。

「……ロード・アレックス。私はなにか間違いを犯しましたか？」

「アレックスだと言ってる。敬称なんか付けるな」

「ですが……」

「アレックスだ」

畏《おそ》れ多くて思わず反論しようとしたが、苛立ったように言葉を被《かぶ》せられる。それと同時に身体をより密着されて、息が触れるほど近くで凝視め合う形となった。

「ぁ……」

これほど近くに男性と接触した事のないマリーが、恥じらいに顔を背けようとすると、マリーの頭を覆ってしまいそうなほど大きな手が髪の中へ潜り込み、間近で凝視め合う事を余儀なくされた。

目を逸《そ》らす事が出来ずに、視線と視線が絡み合う。

ますます困ったマリーが耐えきれずに目をギュッと閉じると、まるでそれを待っていたかのように、アレックスの身体から漂ってくるスパイシーなフレグランスの香りがより強く鼻腔《びこう》をくすぐり、気がついた時にはマリーの無垢《むく》であった口唇は、アレックスによってしっとりと塞《ふさ》がれていた。

「ん、ふ……っ……」

遅れて身体を強《こわ》ばらせたマリーは息継ぎの仕方さえ知らずに、長いくちづけを受け容れてしまい、頭の中がぼんやりと霞《かす》んでいくのを感じた。

キスとはこんなにも激しいものだなんて知らなかった。

長年人の温《ぬく》もりを感じた事のないマリーは、親愛を表すキスですらした事がなかったのだ。なのにいきなり情熱的なキスを受け、どう反応したものか。

戸惑っている間もキスは続き、口唇をたっぷりと舐《な》められる。

強ばっていた筈の身体はいつしか力が抜けて、アレックスが支えていなければ、すぐにでも膝から頽《くずお》れてしまうほどで。

「んぅ……」

チュッと音をたてて口唇が離れていくと同時に、マリーが呼吸をする為に口唇を開くと、今度は口唇を吸われるだけでなく、舌が潜り込んできてマリーの舌を搦《から》め捕り、思いきり吸われた。その瞬間、背筋に未知の甘い痺《しび》れが走り、マリーの身体が再び強ばる。

「んゃ……ん、んっ……や……ぃや……」

くちゅくちゅと舌が触れ合う度に心地良く感じてしまう事に怯え、必死で声をあげた。

しかしアレックスは舌っ足らずな抗議の声を無視し、情熱的なキスを延々と続け、終《しま》いにマリーが甘い声を洩らして、なすがままになるまで口唇を解放しなかった。角度を変えては口唇を吸い、逃げる事すら知らないマリーの甘い舌を思う存分堪能《たんのう》する。

「あっ……」

長い長いキスが終わった頃には、マリーは蕩《とろ》けきった表情を浮かべ、アレックスの腕の中ですっかりおとなしくなっていた。

そんなマリーをしっかりと抱きしめ、アレックスはキスの余韻《よいん》に浸るように、火照《ほて》った頰や涙の溜まった目尻《めじり》、こめかみにと、触れるだけのキスを繰り返す。

「ん……、ふ……」

頭の中は相変わらず霞《かすみ》がかかったようにぼんやりとしているが、初めて経験したくちづけは強烈に刺激的で、すべてを奪われてしまうかと思った。

早鐘《はやがね》を打つ鼓動は耳にうるさいほどで、もしもアレックスが抱きしめていなければ、身体が浮き上がってしまうような——或いは地に溶けてしまうような不思議な感覚もする。

しかし——。

「……どうして？」

不興を買ってしまったようなのに、どうしてくちづけをされたのかわからない。それも初対面の挨拶《あいさつ》すらまともに済んでいないうちに。

敬称を付けて呼ぶ事が悪かったのだとしても、なぜその仕置きがキスなのか？

答えを求めるよう見上げれば、驚くほど近くに深蒼色の瞳がマリーを覗き込んでいて、慌てて顔を伏せた。

顔がみるみるうちに火照る。この美しい人とたった今、くちづけをしたのかと思うと、心臓がとび出しそうなほどドキドキして、そして恥ずかしかった。

「これからはアレックスと呼べ。わかったな？」

「……はい。ア、アレックス……わかりましたから、もう……」

「ところでマリー。おまえが握りしめている封筒はなんだ？」

「あ……」

放してほしいと言いたかったのに、それより前に質問をされて、シスター長から預かっていた大事な封筒を、くしゃくしゃに握りしめているのに気づいた。

「申し訳ございません。お目にかかったら、渡すように言われてきた物なのに」

「構わない。見せてみろ」

皺《しわ》を伸ばして出来るだけ綺麗にしようとしたが、アレックスはさして気にした風もなくマリーから封筒を奪い、中身を確認したかと思うと、おもむろにマリーの胸を鷲摑《わしづか》んだ。

「きゃっ……!?」

「フン、わざわざ純潔証を持たせるとは、な。教会らしいと言えばらしいが、この育ちきった胸を見ると、逆に疑いたくもなる。おい、マリー。おまえは本当に処女なのか？」

「あ……当たり前、ですっ！　神様に誓《ちか》って私は……ぁ、あン……！」

マシュマロのように柔らかな胸を手の中で弄ばれながら問われて、自らの純潔を主張しようとしたが、不意に乳首をキュッと摘《つま》まれ、はしたない声があがってしまった。

自らも予想しなかった声に戸惑い、マリーは慌てて口唇を噛んだが、そんな態度は逆に欺《あざむ》いているようにしか見えず、深蒼色の瞳が疑いに眇められる。そしてそれと同時に少々乱暴に揉みしだいていた大きな手が、驚くほど繊細な動きでマリーの胸を愛撫《あいぶ》し始めた。

「や、やぁっ……あ、あぁっ……」

はち切れんばかりの胸を包み込むように揉みながらも、人差し指が探り当てた乳首を、まるで円を描くようにクリクリとくすぐる。するとどういう仕組みなのだろう、自分では意図せず、指先が掠《かす》める度に、乳首が尖《とが》っていくのがわかった。

そして弄《いじ》られる度にむず痒《がゆ》いような、甘くて疼《うず》くような感覚が、口にはとても出せない場所を、きゅうぅっとせつなく締まらせる。

「いや……やぁん、んっ……しないで……もう触らないで……」

「なんて声を出すんだ、マリー。ここをこうやって……誰かに弄らせた事があるな」

「あ……」

決めつけたように言われて、根が正直なマリーは押し黙るしかなかった。

アレックスがするように、マリーの官能を引き出すような優しい触り方ではなく、己の欲望だけを満たすだけの、マリーにとっては痛いだけの触り方なら、ラルフに何度もされてきた事があるから。

「あるんだね、いやらしいマリー。いったい何人の男にこのおっきな胸を揉ませてあげたんだ？　怒らないから答えてごらん」

甘いバリトンが耳許《みみもと》を掠め、いっそ優しく問われたが、本当に怒らないだろうか？　不安な気持ちになりながらおずおずと見上げると、アレックスは表情ひとつ変えずにマリーをジッと凝視めていた。

その表情を見たら言うのを躊躇《ためら》ってしまったが、そんな態度が気に入らないとでも言うように、乳首をきゅっと摘まれて、マリーは喘《あえ》ぐように口を開いた。

「んっ……ひ、一人だけ……孤児《おとうと》のラルフだけ、です……」

ぞくりとする感覚に肩を竦《すく》めながらも正直に答えた途端、

「ひあぅっ……！」

すっかり熟れきった乳首に爪を立てながら、耳朶《みみたぶ》を咬《か》まれた。

決して痛くはなかったが強い快美な刺激が駆け抜け、背が仰《の》け反る。

「孤児に触らせて、はしたない声を聞かせていたなんて、とても純潔とは言い難いな」

「そ、そんな……痛いだけ……痛いだけでした。それにとてもいやでした」

「疑わしい。触らせていたのは胸だけではないのだろう。処女というのも信じられない」

本心を告げているのに信じてもらえない事に、涙が込み上げる。

確かにラルフには胸を触られていたが、ただの意地悪だと思っていた。神様に誓って姦《かん》淫《いん》に溺《おぼ》れた事など一度もないのに、ラルフにされてきた意地悪が、自らの純潔を穢《けが》すものだったなんて、マリーは本当に意識してなかったのだ。

いずれは花嫁として迎えたいと望まれてここへ来たのに、純潔ではなかった事を知り、アレックスは怒っているのだろうか？

もう帰る場所はないというのに、ここを追い出されたら、異形の姿を曝《さら》して路頭を彷徨《さまよ》う羽目に陥ってしまう。

そう思うだけで涙が溢れ、はらはらと零《こぼ》れて落ちていく。

「マリー……」

泣く時でさえ声を洩らさずにいる姿を見て、アレックスが息をのむのがわかったが、涙を止められなかった。

艶《つや》のある黒髪に透明な雫《しずく》が零れては消えていく。それは見る者にとって、とても奥ゆかしい美しさである事をマリーは知らない。

オリエンタルビューティーとは、まさにマリーの為にあるような言葉であるが、それも本人の知らぬところであり、涙に濡れた薄蒼色の瞳が、アレックスを真っ直ぐに凝視めると、アレックスも眼を眇《すが》めながら凝視め返してくる。

「……どうしたら信じてもらえるのでしょうか？」

「簡単な事だ。こんな紙きれじゃなく、オレがこの手で純潔の証を調べるだけだ」

言うが早いかアレックスは、純潔証を握り潰《つぶ》して捨てると、マリーの身体を抱き上げる。

「あっ……!?」

咄嗟《とっさ》に縋《すが》りつくと、アレックスはそのままマリーを抱いて奥の間へと歩を進め、マリーが見た事もない、大人が五人は眠れそうな広いベッドに寝かされてしまった。

「靴《くつ》が……！　上等なベッドが汚れてしまいますっ」

慌てて起き上がろうとしたが、肩をとん、と押されて再びベッドへ沈み込むと、アレックスはマリーの粗末な靴を脱がしながら、くっくっと喉で笑う。

「今おまえが心配するのは靴じゃないよ」

「え……？」

「わからないのか？」

素直に頷くと、アレックスはおもしろそうに笑い、ギシリ、と音をたてて自らもベッドに上がり、どうする事も出来ずにただ横たわるマリーを見下ろすように覆い被さる。

「あ……」

逞《たくま》しい腕の長さの分だけ距離はあるが、まるで囲うような体勢で真上から見下ろされると、心臓がコトコトと音をたて始めた。

無防備に横たわっているせいだろうか？　アレックスに凝視められるだけで心許ない気分になり、もぞりと身動《みじろ》いだ瞬間、アレックスの綺麗に手入れされた人差し指が、マリーの首まできちんと留めてあるブラウスの合わせめに引っかかり、びくっと動きを止めた。

その瞬間、アレックスはまるで獲物を追い詰めて満足したような笑みを浮かべる。

「教えてあげるよ、無知なマリー。純潔の調べ方と――快感を」

「やっ……!?」

衿《えり》を玩《もてあそ》んでいた人差し指にぐっと力が入ったかと思ったら、長い人差し指はそのまま下へと降りていき、ブチッブチッといやな音をたてて、第二釦《ボタン》と第三釦が弾き飛ばされた。

釦を外されてしまうと、マリーのコンプレックスでもある大きな胸は、まるで解放される時を待っていたかのように、ブラウスを自ら押し広げる勢いで、弾みながらまろび出てしまった。慌てて隠そうと両手を回すと、その両手を頭上でひとまとめに拘束《こうそく》され、狭いブラウスからとび出して、より強調された胸をじっくりと観察される。

「いや……お願いです……ないで……」

「オレにこの……おっきな胸を見られて恥ずかしい?」

言葉もなくこくこくと頷いたが、クスッと笑ったアレックスは、拘束した腕をそのままに、マリーの乱れた呼吸に合わせて微《かす》かに揺れる乳房の間近に顔を寄せる。

「あぁ、なんていやらしいんだ。見ているだけでほら、乳首がまた尖《とが》ってきた」

「あっ……」

言われたとおり、乳首に芯《しん》が通ったように凝《しこ》るのが自分でもわかり、マリーは羞恥《しゅうち》に顔を染め上げた。

「ラルフにたくさん触らせていたのに、綺麗な薄桃色《ベビーピンク》の乳首だ」

「そ、そんな……たくさん触らせてなんか……」

「それを今調べてるんだ。見ているだけでこんなに尖らせて……疑わしすぎる」

「あぁ、そんな……」

そんな事を言われてしまったら、もうマリーは抵抗すら出来ない。自らの純潔を証明する為に、強ばらせていた手首の力を抜くと、アレックスも拘束するのをやめた。

だが見ているだけでは飽きたらず、ふっくらと膨らむ胸のまろみを存分に堪能し始める。

「なんていい肌触りなんだ……シルクのように滑《なめ》らかでしっとりと手に吸いついてくる。これが噂に聞く東洋人の肌か」

「うぅ……」

両の乳房を大きな手が包み込み、円を描くように揉みながらアレックスが呟《つぶや》く。

東洋人、という言葉に反応したマリーだが、アレックスの表情を見上げても、褒められているのか貶《けな》されているのかわからなかった。

そのうちに指先がすっかり尖りきっている乳首をノックするようなタッチで触れてきて、人種の違いを気にしている場合ではなくなった。

「あっ、あぁん……あ、あっ……ア、いやっ……い、いやぁ……」

「このせつない喘ぎ声も堪《たま》らなく魅力的だ。悪友たちの言っていた事は本当だな。東洋人の喘《あえ》ぎ声は絶品だと言っていたが、最高にそそる……それともマリー、おまえだからか？」

「やぁんっ……！」

乳首をきゅうぅっと摘まれて、拒絶の声をあげたが、聞き入れてもらえない。

それどころかマリーからもっと甘い声を引き出そうと、指先を上下させて掠めるように触れられる。その途端、乳首が今まで以上に甘く疼いて、その疼きが全身に広がり、マリーは背を仰け反らせて身悶《もだ》えた。

それがまるで、もっと胸を愛撫してほしいと言うかのように、アレックスへ突き出す形になるとは知らずに。

「あ、あぁン……だめ、だめぇ……しないで……あ、あっ……いや、もういやぁ……」

「嘘をついてはいけないよ、いやらしいマリー。この薄桃色の乳首を弄られて、ラルフにもその甘い声を聞かせた？」

「んんんっ……あ、あン……」

指先で尖りきった乳首を撫でられながら訊かれて、マリーはゾクゾクしながらも、黒髪をパサパサと揺らしながら首を振りたてた。

ラルフはこんなに優しくて、思わず声が洩《も》れてしまうような、身体が熱くなるような触り方をしなかった。

それを伝えたくて涙目で見上げたが、アレックスはまだ納得がいかない顔で、マリーを凝視めている。まるでマリーのすべてを見透かして、嘘の欠片《かけら》を念入りに探すように。

そのくせ手指は相変わらずマリーの胸を鷲摑み、凝った乳首を愛撫しているから堪ったものではなかったが、マリーも息を凝らして凝視めた。

「ほ、本当です……んっ……誓って声などあげていません……」

「では、ここを舐められたり吸われたりした事は？」

「……舐め……？」

言われている意味がわからず、疑問顔で眉根を寄せると、アレックスは目を眇めながらシニカルな笑みを浮かべた。そして弄られすぎて淡い睡蓮色《ロータスピンク》に色づき始めた乳首を、より強調するようにきゅうぅっと摘み上げる。

「んやぁ……っ！」

「ではこれはオレが初めてという事か」

「あぁっ……」

両胸を下から掬《すく》い上げるように持ち上げられたかと思ったら、身体を屈《かが》めたアレックスが、左右の胸の頂きにチュッチュッと音をたててキスをした。そうしてから片方の乳首は指で弄びながら、もう片方を口唇の中へ吸い込み、先ほどのキスと同じように舌が絡みつき、乳首を吸い上げながら舐める。

「やぁっ……あ、あぁ、あぁン……んやあぁっ……しないで、そんな……あ、あぁ……」

柔らかくざらついた舌で乳首を舐め上げられると、キスの時よりも指で弄られていた時よりも何倍にも心地良くて、マリーは戸惑いながらも甘い声をあげるのを止められなかった。はしたない声をあげまいと口唇を引き結んでも、歯を軽く立てられる度に声が洩れてしまって、それがとても恥ずかしい。

それにどういう仕組みなのか、柔らかく咬まれると、甘い痺れが背筋を伝い、腰から下が蕩《とろ》けてしまいそうで、あらぬところがきゅううぅっとせつなくなる。

どうしてそんな場所が疼くのか初心《うぶ》なマリーにはわからず、閉じていた脚を摺《こす》り合わせると、潤んだ感触がした。その瞬間マリーはハッと目を見開き、アレックスの肩を摑んだ。

「ア、アレックス……お願いです。やめてくださ……お願い……あぁ、待って……」

「……どうした?」

乳首を舐め上げながら顔を上げたアレックスから目を逸らし、マリーは赤面しながらも震える口唇を開いた。

「月のものが来てしまいました……このままでは上等なベッドを汚してしまいます。だからもうやめてください……」

初対面の男性に向かって、女性の秘め事である月経を告げるのは、とても勇気がいったが、マリーにとって、上等なベッドを汚す事のほうが一大事だった。だから恥を忍んで言ったのに、なぜかアレックスは楽しげにニヤリと笑う。

「安心しろ。それは月経じゃない」

「でも……」

「濡れている？」

耳許で囁かれて、マリーは頷く事も出来ずに目をギュッと瞑った。甘いバリトンが掠めただけで、不思議な事に経血が、どんどん溢れてくる気がするのだ。

こんな経験は初めての事で、一刻も早くベッドから下りたかったが、囲うように回されている腕に阻《はば》まれて下りる事も出来ず、マリーはとうとう涙した。

「ごめんなさい……っ……きっとベッドを汚してしまいました……ごめんなさっ……」

「泣く事はない、オレの《マイ》マリー《ラブ》。心配している月経じゃない事を今すぐに証明しよう」

「え……？」

涙に濡れた頬に慰撫《いぶ》するようなキスが降ってきたかと思った次の瞬間、腰に回された腕が驚くほどの手際の良さで、マリーのスカートとドロワーズをあっという間に取り去った。

「きゃあっ！」

まさかスカートどころか下着まで奪われるとは思わずに、マリーは悲鳴をあげた。

人前で下半身を曝す事などないと思っていたのに、今まさに乱れたブラウス一枚だけの情けない姿にされてしまい、あまりの恥ずかしさに目眩《めまい》がしそうだ。

それでもなんとか下半身を隠そうと、脚を摺り合わせて膝を立て、顔を両手で覆ったが、アレックスはマリーが必死に閉じている膝を難なく割り開き、マリーでさえ見た事もない秘所を外気に曝す。

「ぃや……そんなところ、見ないでください……」

顔を隠していてもアレックスの視線が、下半身を捉えている事が痛いほどわかる。

自分ですら見た事もない秘めたる場所を、美しいアレックスが見ているのかと思うと、
それだけで目眩がしそうで、そしてとても恥ずかしかった。

膝を閉じようとすると、もっと強い力で膝がシーツに付くほど広げられる。

「ぁっ……」

もはや経血がシーツにたれていく感触を気にする余裕もなく、マリーは身体中を染め上げ、ただただ羞恥に震えるだけとなった。

「恥ずかしいのか？　だがいずれそれも快感に繋がるようにしてやろう。それにしても、なんて美しい淡い睡蓮《すいれん》色だ……なぁ、マリー？　マリーの中で一番恥ずかしいここを……ラルフに見せた事は？」

「ありませんっ……こんな酷《ひど》い意地悪をするのは、アレックスだけですっ！」

「意地悪か」

マリーの怒りを含んだ声を聞いても、アレックスはおもしろそうに笑う。

「だがな、マリー。この意地悪が大好きになるかもしれないぞ？」

「そんな事、ある訳……ぁっ……!?」

怒りに任せて言い切ろうとした瞬間、アレックスの指が無防備に開いている秘所をスッと撫で下ろし、甘く疼いていた場所を掻き混ぜる。

「あっ、あ……あ、あぁ……い、や……いやぁ……！」

くちゅくちゅと粘《ねば》ついた音をたてながら、二本の指がマリーの無垢な淫唇《いんしん》を撫で擦る。

初めて感じるアレックスの指の心地良い感触に戸惑い、マリーは身分の違いなど忘れて、アレックスのシャツにしがみついた。

「あ、あぁン……やっ、やぁぁん！」

ヌルヌルと上下に動く指が、申し訳程度に生えている和毛《にこげ》のすぐ下にある、秘玉をクリッと擦り上げた途端、マリーは腰をびくん、と跳ね上げる。

「な、なに……？　あ、だめ……だ、めぇ……！」

甘い痺れが全身を一瞬で駆け巡り、腰がバターのように蕩《とろ》けるかと思った。しかもマリーが大袈裟に反応した途端、アレックスはそこばかり弄るのだ。

「だめ、じゃないだろう？　気持ちいい、マリーの一番感じちゃうお豆《クリトリス》を、もっと触ってくださいって言ってごらん」

「んんっ……ク、クリ……？」

「そう、このちっちゃなお豆が、マリーの中で一番気持ちいい場所だよ。ほら、もうコリコリに凝ってきた……」

「やぁん……！　だめ、お願いで……ぁっ、触っちゃだめ、だめぇ……!!」

包皮を捲り上げ、剝き出しになった秘玉を指先で撫でられると、指紋のざらつきさえわかるほどで、やめてほしいのに、もっと触ってほしいような、自分でも知らなかった淫らな感覚が、子宮をきゅううっと収縮させる。それと同時に先ほど掻き混ぜられた浅い場所よりもっと奥が、なにかを締めつけたいというようにひくっと蠢《うごめ》く。

「気持ちいいんだね、いやらしいマリー。オレを受け容れる場所がひくひくしているよ。望みのモノを挿入《いれ》てあげたいが、初日だ。今日はマリーだけ気持ち良くしてあげよう」

浅い箇所をなぞっていた指が、マリーですら触れた事のない蜜口《みつくち》をつつく。

「あ、あぁ……指、入っちゃ……ッ……あ、あぁん、いやあぁ……！」

そしてとうとう二本の指がぬめりを借りて、隘路《あいろ》を押し広げるようにゆっくりと入ってくる。身震いしながらも案外あっさりと受け容れてしまったマリーは、無意識のうちにそれを締めつけるが、くちゅくちゅと音がたつほど激しく出し入れされると、そのうちにせつないような上り詰めるような、甘苦しい濃密な感覚が押し寄せてきた。

「あっ、あ、あぁん……んやぁ……そんなにいっぱいだめぇ……！」

まるで魂が身体から抜け出してしまいそうな未知の感覚に怯《おび》え、マリーはアレックスにギュッとしがみつく。

「あっ、あ、あああぁん……も、もうだめ、だめです……なにこれ、いやっ……！」

これ以上、なにかされたら自分がどうなってしまうかわからずに、マリーは戸惑いながら首を振りたてた。しかし逃げることを知らないマリーは、アレックスにされるがままで、蜜口を出入りする指を無意識に締めつける。

「気持ちいいんだね、マリー……すごい締めつけだ。さぁ、このまま淫《みだ》らに達《い》ってごらん」

出入りしていた指の動きがいっそうの速さを増し、それに合わせてちゃぷちゃぷと水音も激しくなっていくと、つま先がきゅうぅっと丸まり、身体がどんどん強ばっていく。

「あぁあ……いやっ……いっやあぁぁん……っ！」

秘玉の裏側を擦られた瞬間、なにかの限界に達し、マリーは無意識にびくん、びくん、と腰を跳ね上げた。

それに合わせてアレックスが指を勢いよく引き抜くと、マリーは蜜口から透明な飛沫《しぶき》をピュッと飛ばしてベッドに沈み込む。

「は……ぁっ……っ……」

まるで全力疾走した後のように大きな胸を上下させながら、無意識のうちに腰をびくびくと痙攣《けいれん》させる。濡れに濡れた蜜口も呼吸に合わせてひくつかせ、どこか遠くを凝視めて官能を味わっていると、アレックスが労《いたわ》るような優しいキスを顔中に浴びせてくる。

「素敵だったよ、オレのマリー。初めてから潮《しお》を噴くなんて想像以上だ。ほら、見てごらん。月経ではないだろう？　これはオレを受け容れる為だけにマリーから溢れる愛液だ」

「……あいえき……？」

「そう、こんなに糸を引いて……いやらしい匂いがするだろう？」

「いやっ……！」

粘ついた手を目の前にかざされたマリーは、あまりの恥ずかしさに顔を両手で覆う。

自分からそんなに淫らな体液が溢れてくる事を、認めたくなかった。

身体の熱が退《ひ》いてくると、よりいっそうアレックスの前で曝した醜態《しゅうたい》が信じられない。

淫らに乱れた自分を許せずに、殻《から》に閉じこもるよう身体を丸めると、アレックスはマリーの身体に羽布団をそっと掛けた。

なにも知らないマリーに散々と酷い事をした後だというのに、思いもかけず優しく扱われて、マリーは戸惑いながらも、軽くて暖かい羽布団にくるまった。しかしまだベッドから下りたアレックスは見られなかったが。

「まぁ、いい。明日からはオレを受け容れてもらう。オレはこれから仕事に行くよ。明日の夜まで帰らないが、あとはスティーヴに面倒を見てもらってくれ」

アレックスが立ち去る気配を感じ、マリーはそこでハッと気づいて身体を起こした。

「待ってください。これで私の純潔は証明されたのです、か……？」

既にドアノブに手を掛けていたアレックスはマリーを振り返りつつ、右眉を上げてまたシニカルな笑みを浮かべる。

「純潔である事は最初から知っていたよ」

「え……？　なら……」

なぜマリーを責めるような事を言い、身体の隅々《すみずみ》まで調べたというのだろう？

思い出すだけでも恥ずかしいことを散々してきたのは、どういう意味があるのだろう？

心の中で思っただけだが、顔に出ていたのか、アレックスは白状する気になったようだ。

「おまえを前にしたら、つい手が出た。なにしろ——いや、なんでもない。行ってくる」

真っ直ぐに凝視めていたマリーからふいっと目を逸らし、アレックスは何事もなかったかのようにベッドルームから出ていった。

「あ……」

取り残される形となったマリーは、話の続きを聞きたかったが、全裸に近い格好のままでは追いかけることも出来ず、しばらく扉を凝視めていた。しかしふと自分の情けない格好を見下ろし、慌てて服を着込んだ。するとそれを待っていたかのように、扉をノックする音が聞こえて、スティーヴが姿を現し、マリーは慌てて髪の乱れを直した。

今はまだ淫らな匂いが身体と言わず顔にも現れているような気がして、スティーヴをまともに見られずに俯き加減でいたが、スティーヴはさして気にした様子もなく、今朝と同じように優しく微笑む。

「アレックスから仰せつかって参りました。マリー様のお部屋へご案内します」

「は、はい」

　スティーヴのあとに付き従い廊下《ろうか》を歩き始めたマリーは、迷子にならないよう廊下に置かれた見事な調度品の壺《つぼ》や像を覚えている暇はなかった。というのも、なんの事はない。アレックスの部屋の斜め隣、廊下の突き当たりがマリーの部屋だったのだ。

「階段を上がって、右側の廊下を真っ直ぐ進んだ正面の扉がマリー様のお部屋です。この邸宅の中で一番、陽当たりが良くて快適な南向きのお部屋です」

　さぁ、どうぞと誘われて部屋に入ってみれば、スティーヴが言うとおり飾り窓が壁の二面にわたっていくつもある、陽の光に満ち溢れた部屋だった。

　しかもそれだけではない。象牙色《ベージュ》を基調とした部屋の中は、ドレープの美しいカーテンやクッションなどのテキスタイルはすべて淡い薔薇色《ローズピンク》で統一され、象牙色の家具も花の彫刻と金の縁取りがされた曲線を描く家具ばかりで、見ているだけで優しい気分になれる部屋だった。広さもアレックスの部屋と同等で、聖マリアンヌ教会の面談室の六倍はあろうかという広さがあった。

「こんな豪華なお部屋が私のお部屋……?」

　とてもではないがマリーが一人で使いこなせる部屋ではなく、戸惑いながらスティーヴを見上げると、得意げな顔で微笑まれた。

「それだけではありませんよ。こちらが今後、マリー様がお召しになる服が収納される事になる衣装部屋です」

「え、服の為だけのお部屋⁉」

扉を開いたスティーヴに誘われて入った小部屋——といってもかなりの広さの部屋は、今は右側の半分に清楚なワンピースが吊り下げられていて、足元の棚には上等な靴が何足も用意されていた。

「これからマリー様好みの服でいっぱいにしましょう。まずはシャワーを浴びてさっぱりしたら、この白いワンピースを着て、こちらの靴を履くのはどうでしょう？」

「は、はい……」

衣装部屋だけでマリーが今まで過ごしていた八人部屋と同じくらいの広さがあり、あまりのスケールに、マリーはただただスティーヴの勧めに頷くしかなかった。

「さぁ、服が決まったのなら、次はベッドルームにご案内します。バスルームはベッドルームの奥になります」

豪華なリビングルームに衣装部屋、それだけでもうマリーの許容範囲を超えるスケールであり、そのうえ専用のベッドルームとバスルームまである事を告げられ、驚きを通り越してすっかり気が抜けてしまったが、ベッドルームもやはり素晴らしい造りだった。

リビングルームよりも小ぶりな部屋は、壁が小薔薇模様になっており、その部屋の真ん中に、やはり淡い薔薇色の、マリーが三人は眠れそうな天蓋《てんがい》付きの清潔なベッドが鎮座《ちんざ》し、リビングにあった家具と揃いの一人掛けのソファと、象牙色の円卓、それにいくつもの淡い薔薇色のナイトランプが置かれ、化粧台とまた揃いの洋服箪笥《クローゼット》が備え付けてあった。

「こちらの洋服箪笥には下着と夜着が用意されております。あぁ、でも……」

「……はい？」

言い淀んだスティーヴに、部屋を眺めるのに夢中で遅れて小首を傾げると、スティーヴは咳《せき》払いをしてから、なんでもない事のように言ってくる。

「眠る時は夜着のみで、下着は着けずに眠るように、とのアレックスからの伝言です」

「下着は着けずに……」

繰り返し言ってみてようやく意味がわかり、マリーは顔と言わず耳まで赤くなった。

つまりは、夜眠る時に先ほどと同じような淫らな行為をしやすくする為に、邪魔な下着は着けるなという事なのだろう。

あまりの事に絶句して立ち竦んでいると、スティーヴに背中をそっと押されてバスルームへと誘われた。

「こちらがバスルームです。シャワーや湯は好きな時にいつでも使ってください。本日は既に湯を張っておきました」

乳白色の大理石に、やはり乳白色で統一された清潔なバスルームは、そこだけで生活が出来そうなほど広く、バスタブの向こうには庭を眺める窓まである。

洗面台にはバスタブに浮かんでいるのと同じ淡い薔薇が飾られ、様々な小瓶が並ぶ。

「リネン類はこちらに。アレックスが好む香りのシャンプーやリンスに石鹸《せっけん》はこちら。パフュームと化粧品にバスローブは……あぁ、使い方をご存知ですか？」

「ごめんなさい、なにも……なにもわかりません」

今までマリーが施設で使っていたシャワーは、くすんで年季の入ったタイル張りで、シャワーと石鹸だけしかない、身体を簡単に清める機能しかなく、このような猫脚の浴槽すらなかった。ましてや花を浮かべた湯に入ったことなど一度もなく、シャンプーやリンス、化粧品やパフュームをどう使えばいいのかすらわからない。

「なにも謝る事はありません。本来なら入浴をお手伝いするところですが、アレックスが怒るので、使い方だけご説明します。好きなだけリラックスしてください」

そう言うとスティーヴは懇切丁寧に湯の浸《つ》かり方やシャンプー、リンスでの洗髪の仕方を教えてくれ、海綿で身体を洗い清める方法に、バスローブと揃いのスリッパの使い方や、化粧水や乳液の付け方、パフュームを付ける量と場所まで教えてくれてから出ていった。

ようやく一人になれてマリーはホッと息をつくと、教えてもらった順番を忘れないよう洗剤や化粧品をひとつずつ確認をしてから、あまりの広さで落ち着かなかったが服を脱ぎ、バスタブに浸かってみた。

（温かくて気持ちいい……）

長年、水に近いシャワーばかり浴びていたので最初は戸惑ったものの、湯に浸かった途端に今朝からの緊張が解《ほぐ》れるほど気持ち良く、また湯に浮かぶ薔薇の香りに包まれているだけで贅沢《ぜいたく》な気分を味わった。

窓から見える庭の緑も美しく、すっかりリラックスしたマリーは、陽の光を浴びてキラキラと輝く湯に浮かぶ薔薇を掬《すく》いながら、アレックスと出会ってからの出来事を思い返す。

威厳があり、百獣の王のようで、そしてとても美しい人。

あんなに美しい人が、どうして醜い自分を花嫁として迎え入れようと思ったのだろう？

いったいどこで見初めてくれたというのか？

考えれば考えるほど不可解で、アレックスの人となりがまったくわからない。

マリーの純潔を疑い、怒っていたようなのに、時折優しいキスをしてくれた。

マリーをいやらしいと言っていたが、アレックスのほうこそいやらしいことばかりして、淫らな事を言い、マリーが知らなかった快感の渦《うず》へ沈めたのに、終わった後にはこんなに温かな湯を使わせてくれて、そして——。

(優しいのか冷たいのか、意地悪なのか、よくわからなかったわ……)

けれどひとまず、追い出される様子ではなかった事に、ホッとした。

最悪、マリーをひと目見るなりがっかりして、追い出されるかもしれないとも思っていたが、この屋敷に留《とど》まらせてもらえるようだ。

（でも……）

明日にはアレックスを受け容れなければいけないらしい。

花嫁として望まれているのだから、夫となるアレックスと結ばれる事は当たり前なのかもしれないが、あんなに淫らな行為以上の事をするのかと思うと、少し恐い。

いったいどういう行為をするのかさっぱりわからないが、きっと先ほどよりもすごい行為をするに違いない。そう思うとドキドキして、マリーは胸を押さえた。

とりあえず、アレックスのことは嫌いでは、ない。しかし心から愛せるのかと訊かれたら、まだ素直に頷けない自分もいる。

なにしろロクな話もしないうちから、身体を弄くり回されたのだ。

本来なら怒ってもいいような行為をされたのだから、文句のひとつでも言えば良かった。

しかし路頭に迷う寸前であったマリーを引き取ってくれた貴重な存在に、引っ込み思案なマリーがあれこれ文句を言える筈もない。

それにこんなにも贅沢な部屋をマリーの為に用意してくれたアレックスに、文句を言うどころか感謝をしなければ。

（大丈夫、こんな私を引き取ってくれたのだもの。きっとアレックスは優しい人）

愛せるかどうかはまだわからないが、少しでも良い部分を見つけて少しずつでもいいから愛していこうと心に決めて、マリーは初めての入浴を心ゆくまで楽しんだ。

第二章　天国の扉に手が届きそうな快感を

カーテンを開く音が聞こえ、夢現《ゆめうつつ》の間を行ったり来たりしていたマリーは、たいへんな寝坊をしてしまったと、慌てて目を覚ました。

早朝の祈りが始まる前に、急いで幼い孤児《きょうだい》たちに服を着せなければ——と、そこまで考えて身体を起こすと、四方は淡い薔薇色《ローズピンク》の布地に覆われている。

自分が一瞬どこにいるのかわからず、起き上がった体勢のまま動けずにいると、天蓋布《てんがい》がそっと開かれ、スティーヴが微笑んだ。

「おはようございます、マリー様。よく眠れましたか?」

「あ……私……」

そうであった。昨日からアレックスの花嫁になるべくして、聖マリアンヌ教会児童養護施設からウッドフォード伯爵《はくしやく》邸に移り住んだのであった。

その事に思い至るまでさして時間はかからなかったが、昨日、入浴を済ませてから、ペパーミントとライムを冷たい炭酸水で割った甘い飲み物を供《だ》され、それを二杯も飲み、それからの記憶がさっぱりなかった。

「初めての入浴で緊張や疲れが一気に抜けたのでしょう。ソファでうたた寝されていたので、僭越《せんえつ》ながら私がベッドへお運びしました」

「あ、ありがとうございます」

ベッドできちんと眠っていた訳がわかりお礼を言ったが、窓の外を見れば太陽はもうすっかり昇っていて、昨日の昼に入浴をしてから翌日の今まで眠ってしまったのかと思うと、驚きと共に申し訳なさが湧いてくる。

「何時です？　なにか私に手伝える事はありますか？」

「今は十時をすぎたところです。手伝って戴く事はなにもございませんが、マリー様にはいくつかお仕事があります」

「はい、それはなんでしょう？」

たっぷりと眠らせてもらったお詫《わ》びに、廊下《ろうか》の掃除でも部屋の掃除でも、なんでも言いつけられた事はしようと張り切って訊いたが、スティーヴは天蓋布を支柱にリボンで結びながら、悪戯《いたずら》っぽい笑みを浮かべる。

「まずお顔を洗って目を覚ましてから、こちらの服と靴《くつ》に着替えて、昨夜の分を取り戻す為にも、朝食をしっかり残さずに食べて戴きます」

「は……はい……?」

身なりを整えて朝食を食べることが仕事とは思えず、困惑しながらも返事をすると、スティーヴは澄ました表情で、当たり前のように続ける。

「まだまだありますよ。食後には庭や屋敷内の散策をしてからクレールに刺繍《ししゅう》を習って、午後のお茶《アフタヌーンティー》の時間に洋装店と宝飾店の者が来ますので、オーダーメイドの服や宝石のデザインを選び、アレックスが戻ってくるまでの間に入浴を済ませ、お召し替えをするのが、本日のマリー様のお仕事です」

にっこりと笑顔で言い切られ、マリーはますます困惑して大きな目をぱちくりさせる。

それは今までマリーがしてきた仕事とはほど遠すぎる。いや、マリーからすれば仕事と呼べるものではなく、話に聞いたことがある、貴婦人の優雅な日常の過ごし方だ。

「……それが私のお仕事です、か……?」

「もちろん。まだまだ伯爵家へ嫁ぐ自覚がございませんね? マリー様には、淑女《しゅくじょ》としての嗜《たしな》みをお勉強して戴きます。私もマナーについて厳しく指導しますので、あしからず」

「わ、わかりました」

なるほど。確かにスティーヴが言うとおり、自分には伯爵家へ嫁ぐ自覚がまったくない。アレックスの花嫁になるということは、つまりはマリーも貴婦人になるということだ。

しかし昨日まで最低限の生活をしていたマリーにとってみれば、いきなり淑女のような振る舞いを求められても、とても難しい事。

（あ……だからこその勉強なのね）

そう考えるとようやくすんなりと納得出来て、ベッドの上で畏《かしこ》まった。

「わかりました。頑張りますので、よろしくお願いします」

追い出されない為にも頑張るつもりで意気込むと、スティーヴはまた優しく微笑んだ。

「そんなに気負わなくても大丈夫ですよ。マリー様の境遇は重々承知しております。焦らずゆっくりと淑女としての嗜みを覚えていきましょう。さぁ、そろそろお腹の虫が騒ぎ始めますよ。お顔を洗って化粧品でお肌を整えてください。私は廊下で待っております」

スティーヴに誘われてベッドから下りたマリーは、早速バスルームを使い、顔を洗ってから髪を梳《と》かし、昨日教わったとおりに化粧品で肌を整えると、ベッドルームに戻って着替えを済ませ、お守りのブレスレットを着けると、姿見で自分の姿を確認する。

鏡は相変わらず嫌いであまり見たくなかったが、なにぶん着慣れないワンピースだったので、着崩れていないか確認する必要があったのだ。

純白で繊細なレースがふんだんに施されているワンピースは素敵だが、腰まである黒髪と肌の色、それに自分の顔を見ると、衣装負けしているようにしか見えず――。

（やっぱり私が着ると変だわ……）

自分の容姿にとことん自信のないマリーは、姿見に映る自分を見てがっかりしたが、その時、不意にアレックスの言葉が脳裏を過《よ》ぎった。

『なんていい肌触りなんだ……シルクのように滑らかでしっとりと手に吸いついてくる』

髪や肌の色についてはなにも貶《けな》されなかったが、肌触りだけはアレックスに少しは気に入ってもらえたのだろうか？

まだこの屋敷に留まらせてもらい、勉強をするという事は、顔の造りも自分が思っているより気に入ってもらえたのか？

だとしたら少しは救われるのだが――。

（……だめ。変な期待はしちゃだめよ、マリー）

とにかく言われた事をしっかりとこなし、アレックスの望むとおりの淑女になるべくして勉強をするのだと誓い、姿見から目を逸《そ》らすように離れて廊下へと向かった。

「お待たせしました」

「いいえ。淑女の支度に時間がかかるのは当然の事ですから、お気になさらず。それにしてもお美しい。よくお似合いですよ」

たった今、自惚《うぬぼ》れてはいけないと自戒したばかりなのに、スティーヴに褒められて、複雑な気分に陥ったマリーは、どう返事をしたものか悩んでしまった。

「おや。またご自分を過小評価されていらっしゃいますね？　昨日も言いましたが私は正直者です。それでも私の言った事が信じられないというのなら、これから紹介するクレールとディーノの反応を見て、どうかご自分が評価に価すると自信を持ってください」

「……は、はい」

軽い調子で言われたが、笑顔は浮かべられなかった。それに他の側仕えの人々と面会するのかと思うと、緊張がいや増してきたが、いつか会わねばならない人達だ。

早い時点で自分を評価してもらい、アレックスに見合うかどうか見極めてもらうには、ちょうどいいのかもしれない。アレックスが信頼する人達ならば、きっとマリーが気に入らなければ、眉を顰《ひそ》めるだろうから、その時にはこの屋敷を去る覚悟を決めようと、スティーヴに付き従い、階段を下りて左に進んでいくと、ちょうどマリーの部屋の真下にある主食堂《メインダイニング》と思われる部屋から、賑《にぎ》やかな声が漏れ聞こえてきた。

「ったく、あいつらは少しはおとなしく出来ないのか」

「え……?」

ぽつりとではあったが、しっかりと聞こえたスティーヴの乱暴な言葉遣いを初めて聞いて、マリーがびっくりしすぎて目を見開くと、何事もなかったかのように微笑み返された。

「なんでもございません。では、アレックスが信頼する側仕えをご紹介致します」

言いながら両開きの扉を開けるスティーヴの後ろに付き従い、主食堂に足を踏み入れた時だった。まるでひやかすような口笛が聞こえ、マリーはびくりと身を竦《すく》ませた。

「おいおい、聞いてないぞ。こんな美人を嫁に迎えるなんてよ」

「わぁ、アレックスが自慢してたとおりのオリエンタルビューティーだ！　ようこそウッドフォード邸へ！」

「え……」

一瞬、なにを言われているのかわからずにマリーは固まってしまったが、歓迎する言葉を確かに聞いた気がして、慌ててスカートを摘《つま》んでお辞儀をした。

「は、初めまして。マリーと申します」

おずおずと顔を上げると、金髪でブラウンの瞳を持つ、マリーと同じくらいの身長で、まだ少年のような無邪気さを持つ青年が握手を求めてきた。

「こちらこそ初めまして！　僕はクレール。この屋敷のシェフ兼庭師だよ。繊細《せんさい》な舌を持つフランス人だから料理の腕は任せておいて」

思わず握手に応じると勢いよく手を握られて、にこにこと笑いながら頬にキスをされた。

そんなクレールに圧倒されているうちに、クレールを押し退《の》けるようにして、アレックスよりもさらに野性的な男らしさを持つ、ブルネットにエメラルドグリーンの瞳のディーノと思われる人物が、マリーの腰を抱いた。

「きゃっ……!?」

「ディーノだ。アレックスにはもったいない。今からオレに乗り換える気は？」

「え……あの……」

真顔で問いかけられて答えに窮《きゅう》していると、ディーノは両頬にキスをして、マリーをがっしりと抱きしめる。

「奥ゆかしいところがまたチャーミングだ。スタイルも抜群だし、本気で恋しそうだ」

「あ、あの……あの……」

親しげに接してもらえるのは嬉しいが、こういう時になんと答えていいのかわからず、また突き放してもいいのかすらわからずに、抱かれたままで固まった。

「アレックスに殺されてもいいのなら、どうぞ名乗りを上げてくださってても構いませんよ」

マリーが困っているのを見かねたのか、スティーヴが代わりに恐い事を言うと、ディーノはもう一度だけ頬にキスをしてから離れた。

「冗談。美人を見たら口説くのは礼儀だろう」

「これだからイタリア人は……マリー様、驚かせて申し訳ございません。以上がアレックスの側仕えとなります。ちなみに私はイギリス人です。改めまして宜しくお願い致します」

「は、はい……こちらこそ……」

数分のうちに熱烈な歓迎を受けて、マリーは呆然《ぼうぜん》としながらも返事をした。

もっと違う反応を想像していたのに、皆が皆、歓迎ムードで迎えてくれて嬉しいのだが、調子が狂ってしまったというか——。

それにフランス人にイタリア人に、そしてイギリス人。

国際色豊かな面子《メンツ》に、なるほどマリーのような東洋人との混血を、花嫁に迎えようとするアレックスの寛大さを垣間《かいま》見た気がした。

もしかしたらアレックスは、貿易業をしている事から、国籍や人種にあまり頓着しないのかもしれない。

「マリー、お腹空いたでしょ？　昨日は歓迎の晩餐《ばんさん》を用意したのに眠っちゃったから」

「ご、ごめんなさい……」

クレールが腕をふるったであろう歓迎の晩餐を、結果的にエスケープしてしまった事を謝ったが、クレールはにこにこと笑って気にしていない様子だった。

「謝らなくても大丈夫！　これから毎日食べさせてあげるから！　それじゃ、さっそく運んでくるね！　マリーは玉子料理はなにが好み？」

「え……」

「サイドにハムとベーコンはどっちがいい？　焼き加減はどうしよう？　あぁ、それとミルクは何種のミルクが好み？　それともミルクじゃなく、クリームのほうが――」

矢継ぎ早に質問をされたが、マリーはなにを言われているのかさっぱりわからずにクレールをただ凝視《みつ》め続けていると、やはりスティーヴが助けてくれる。

「マリー様には半熟でひとつの目玉焼きとカリカリのベーコンを。ミルクはジャージー種の濃厚なミルクを温めて。あぁ、それと豚の腎臓炒《じんぞういた》めは食べ慣れていないと思うので、マリー様には出さないように」

「了解！　腕によりをかけて作るから、ちょっとだけ待っててね」

クレールがぱたぱたと元気よく走っていくと、コーヒーを飲み終えたらしいディーノも新聞を片手に席を立つ。

「それじゃ、挨拶《あいさつ》も済ませたし、オレもアレックスと合流する事にするか。じゃあまた会おうお嬢ちゃん。アレックスに飽きたらいつでも声をかけてくれよ？」

ニッと笑ったディーノにやはりどう答えていいかわからず、去っていく逞しい後ろ姿を凝視めていると、スティーヴがクスクスと笑った。

「いかがです？　私の評価は間違っていなかったでしょう？」

得意げな疑問顔を向けられて、マリーはやはり答えることが出来ずに眉根を寄せる。

確かにたくさん褒められた。それどころか生まれて初めて男性に口説かれ、どう対処していいのか困ってしまうほどだったけれど。

「……みなさん、きっと目がおかしいんです」

コンプレックスの固まりはまだまだ解けず、決めつけて答えるマリーに、スティーヴは相変わらずクスクスと笑い、それがなんだか照れくさいというか悔しいというか、とにかく複雑な気分をたっぷり味わったマリーであった。

†　†　†

スティーヴに言い渡されたスケジュールをひと通りこなし、マリーは自室の書き物机《ビューロー》に、唯一の私物であるミスターJからの贈り物を飾り付けていた。

贈り物は全部で九点。そのうちお伽《とぎ》話の本が三冊と、あとは陶器製やガラス製のクリスマスオーナメントが四個。そしてオルゴールとマリーのお守りとなったブレスレットだ。

昨日のうちに整理するつもりが眠ってしまったので今日改めて飾ってみたが、ミスターJからの贈り物は、豪華な部屋に負けないくらい、やはりどれもがキラキラと輝いている。

特に先日もらったオルゴールは部屋の雰囲気にぴったり合っていて、マリーはソファに座ってブレスレットに触れながら、オルゴールの音色に耳を傾けていた。

優しい音色は聴いているだけで心が安らいで、目まぐるしい一日の疲れが癒《いや》されていく。

それほど今日のスケジュールはマリーにとって、なにもかもが目新しい事ばかりだった。

まず朝食からしてぜんぜん違った。今までは薄いパンと牛乳だけの朝食であったのに、朝からすごいご馳走が並び、どれから食べていいのかわからないほどで。

スティーヴに残さず食べるよう言われていたので、生まれて初めてテーブルマナーを習いながら、お腹いっぱい物を食べるという行為をしたのだった。そしてお腹がいっぱいになると、今度はクレールに案内されるまま庭の散策をし、色も香りも気に入った桃杏色《アプリコットピンク》の薔薇の花を見つけてから、その薔薇をモチーフにしたフランス刺繍を習った。

完成にはまだまだ遠いが、やり出すととても楽しくて、スティーヴに午後のお茶へ呼ばれるまでがあっという間に思えるほど没頭してしまった。

午後にお茶を供されるのも初めての事で、キューカンバサンドと色とりどりのミニケーキ、そしてマリーが特別に気に入ったのがスコーンだ。焼きたてのスコーンにクローテッドクリームをたっぷり付けて、ストロベリージャムを添えて食べると、頬が落ちてしまいそうなほどで、マリーは供されたスコーンを二個共ぺろりと食べてしまった。

紅茶はアッサムという地域のお茶をミルクティーにしてもらい、お茶を楽しみながら洋装店や宝飾店の店員、そしてスティーヴを交えてオーダーメイドの服や宝飾品のデザインを選んだ。店員に会うのは恐ろしかったが、なぜか皆マリーの容姿を気にするどころか賞賛するほどの勢いで、その結果、ワンピースとコートを合わせて二十着、いつ着るのかわからないドレスを六着、それに靴を十五足も一気に注文することになり、またドレスに合わせた帽子と宝飾品もドレスの数だけオーダーされた。

マリーはとても慌てたが、スティーヴはアレックスから衣装部屋をいっぱいにするよう命じられているからと言って、マリーを置き去りにほぼ店員たちとスティーヴによって商談は進んでしまい、マリーはただ言われるがまま採寸されたのだった。

採寸が終わったらすっかり疲れ果ててしまい、夕食は辞退して今日もお湯に浸かったが、たっぷり寝たのでうたた寝する事はなく、今はアレックスの帰りを待っているところだ。

(ミスターJからオルゴールをもらってから、夢のような事が起きてるわ)

このオルゴールをもらってから、人生が薔薇色に一変してしまった気がする。

これからはアレックスの下、なに不自由なく暮らせるとシスター長は言っていたが、恵まれすぎていて恐いほどだ。まだアレックスの事をなにも知らないというのに、こんなに良くしてもらっていいのだろうか。

皆は褒《ほ》めてくれたが、自分はそんなに良くしてもらう価値があるのか、まだわからない。それにアレックスは今日から自らを受け容れるよう言っていたが、それよりも先に、もっとアレックスの人となりを知りたいと思うのは、おかしい事だろうか？

勇気を出して、アレックスともっと話がしたいと申し出てみても怒られないだろうか？

(ミスターJ、お願い。どうか私に勇気をください)

アレックスに凝視められると、いつも以上に言葉が上手く出てこなくなってしまうのだ。それがどうしてなのか、マリーはわからない。だからこそ話をしてみたかった。

もっとアレックスを知りたい。そしてどうして東洋人との混血で孤児の自分を花嫁に選んだのか、訊いてみたいと思った。

引っ込み思案なマリーにしては能動的な衝動に駆られ、ミスターJから勇気をもらうようブレスレットに触れていると、窓の外から車のエンジン音が微かに聞こえてきて、マリーはローテーブルにオルゴールを置き、急いで階段を下り、既に玄関ホールで待機していたスティーブの横へ並んだ。

「おや。もうお休みかと思って、お出迎えにはお呼びしなかったのですが」

「こんなに良くして戴いているのに、お出迎えしないほうがおかしいです」

「アレックスの喜ぶ顔が目に浮かぶようですよ」

クスッと笑ったスティーヴのほうが喜んでいるようだったが、エンジン音が近づき、停止する音がすると、スティーヴは自分の仕事を全うする為、両開きの扉を恭しく開いて、主の帰りを出迎える。

「お疲れ様です、アレックス。今日はずいぶんと遅いお帰りで」

「取引先と話し込んで遅くなった。マリーはもう寝たか？」

アレックスの質問には答えず、スティーヴは身体をずらし、背後で畏まっているマリーを見せるというサプライズに出た。

「マリー……」

「おかえりなさいませ、アレックス。お仕事遅くまでご苦労様です」

ぎこちないながらも笑顔で出迎えるマリーを見て、アレックスは僅《わず》かに目を瞠《みは》り、それから満足げな笑みを浮かべて、スティーヴに荷物を預けるのもそこそこにマリーを腕の中へ抱きしめ、頬にチュッとキスをして、口唇《くちびる》にも触れるだけのキスをする。

「寝ないで待っていてくれたのか？」

「……はい。あの、私、アレックスともっと話をしたくて……もっとアレックスの事が知りたいんです。そういうお願いはだめ、ですか？」

おずおずと見上げてアレックスの様子を窺うと、またもや目を瞠ったアレックスは、しばしマリーを凝視めたままでいた。

勇気を出して言ってみたが、やはり出すぎた言動だったかと後悔し始めた頃になってようやく、アレックスはマリーを強く抱きしめ、誰もが嫌っている黒髪に何度もキスをする。

「アレックス……？」

どんな表情を浮かべているのか純粋に知りたくて顔を上げようとするが、アレックスに頭を抱え込まれて見られないでいると、

「おいおい、独り者の前で堂々とイチャつかないでくれよ。てか、アレックス。おまえその顔……」

「うるさい。それ以上なにか言ったらクビにするぞ」

自動車《ベントレー》を停めに遅れて帰ってきたディーノが、おもしろそうな顔でにやにや笑っている。

その様子は辛うじて見えたが、アレックスがどんな顔をしているというのだろう？

ますます気になったマリーであったが、アレックスはまた髪にキスをして、マリーをく

るりと階段の方向へ向ける。

「シャワーを浴びたらすぐ部屋に行く。マリーも夜着に着替えて待っててくれ」

「は、はい」

返事をしながらも振り返ると、アレックスはもう背中を向けていたが、その耳が赤く見えたのは、見間違いだろうか？

「さぁ、マリー様。私がエスコートします。アレックスが癇癪《かんしゃく》を起こす前に参りましょう」

つい気になってアレックスを凝視めていたマリーは、笑いを堪《こら》えるスティーヴに促されるまま階段を上る事になってしまい、とうとうアレックスの顔をまともに見られず終《じま》いで部屋に送り届けられてしまった。

（私、またなにか変な事を言ったのかしら……？）

アレックスの威厳ある雰囲気にのみ込まれる前に、夢中になって本心を告げたので、マリー自身も舞い上がっていたこともあり、またマナー違反を犯してしまったかと心配になってきたが、悩んでいるうちにアレックスがやって来そうで、マリーもすぐにベッドルームへ移動し、夜着に着替えようと衣装簞笥《クローゼット》を開けてみたのだが、

「な、なにこれ……!?」

どの夜着も可愛いリボンやレースが施されているが、肌の透ける素材ばかりであった。

着る時は下着を着けずに着るよう命じられていたが、ここまで過激な夜着ばかりだと思

わなかったマリーは、仕方なくその中から比較的透けないシルクの夜着を選び、身に纏《まと》った。しかしとてもではないが鏡は見られず、アレックスを待たずして羽布団に潜り込む。

(アレックスったら、やっぱり……やっぱりいやらしい)

それともアレックスは身体だけが目的だから、こんな夜着ばかり揃えたのだろうか？

マリーの身体さえ手に入れば、心はいらないのだろうか？

だとしたら先ほど勇気を出して告げた言葉は、アレックスからしたら面倒以外のなにものでもない。顔を見せてくれなかったのは、うんざりした表情を浮かべていたからか？

そう思うとどんどん悲しくなってきたその時、不意に意地悪ばかりしていた、ラルフの言葉が脳裏を過ぎった。

『物珍しい容姿を活かして、貴族相手の高級娼婦《しょうふ》になればいい』

会っていきなり身体を弄んだくらいだ。アレックス専属の娼婦のような扱いとも取れる。その見返りに様々な贅沢を与えてくれるのなら、そんなものいらない。

アレックスの側仕えのみんなに優しくされて、アレックスをもっときちんと理解しようと思っていたが、やはり東洋人との混血の身体が物珍しくて、アレックスはマリーを花嫁として迎え入れるつもりであったのではないかと思えてきて——。

「待たせた。これでも急いで来たんだが……マリー？　どうした、そんなに潜り込んで。息苦しくないのか？」

アレックスがぎょっとした顔をして見ているのがわかったが、マリーは溢れる涙を堪える事が出来ずにいた。

先ほどまでは笑顔すら浮かべていたのに、ほんの少しの間にいったいなにがあったのか、当のアレックスは見当もつかないようだ。そしてとにかく泣き止ませようとベッドに滑り込み、マリーを抱き寄せて、溢れる涙を口唇で吸い取る。

「どうしたんだ、マリー？　なぜ泣く？」

「……っ……アレックスは私の身体だけが目当てなのです、か……？」

「なにをばかな事を。そんな事ある訳ないだろう」

何度も何度も頬に優しくキスをされたが、マリーはアレックスを凝視めて、また涙する。

「だったら……だったらどうして会っていきなり、私の純潔をうう、疑い……こんな淫らな夜着ばかり揃えられたのです、か……？　東洋人との混血の身体が珍しいからといって、ひ、酷いです……」

責めているうちに自分で傷つき、マリーがまた新たな涙を零《こぼ》すと、アレックスはマリーを強い力でギュッと抱きしめる。

「誤解だ、マリー。そんなつもりはまったくない。あぁ、いや……おまえを抱きたい気持ちが強くて、無垢《むく》なおまえをオレ好みに染めるつもりはあったが、決して身体だけが目的で、オレはおまえを花嫁に迎えるつもりはないぞ」

「ほ、本当に……?」

しゃくりあげながらも真実を見極めるようアレックスを凝視めると、真摯《しんし》な深蒼色《ミッドブルー》の瞳がマリーを凝視めていた。

「本当だ。おまえの悲しげな泣き顔に弱い事をオレは今知った。だからもう頼むから泣き止んでくれ、オレのマリー《マイラブ》」

「んっ……」

口唇を食《は》むように優しく吸われて、頬に添えた指が涙を拭《ぬぐ》い去っていく。

あやすように触れてくる手指に髪まで梳《す》かれると、とても大事に扱われている気がして、マリーはキスを受ける度、悲しい気持ちが徐々に退いていくのを感じた。

ほんの少し躊躇《ためら》ってから、おずおずと広い背中に腕を回せば、触れるだけのくちづけを何度も繰り返していたアレックスは、涙で濡れた睫毛《まつげ》にもキスをしてから、マリーを囲うように抱きしめて寄り添った。

「さぁ、落ち着いたか? 大いなる誤解を解く為に、まずは自己紹介をしよう。オレの正式な名前はアレックス・ジェームス・ウッドフォード。普段はJで通しているが、貿易業で成功を収めたジェームスじい様が、伯爵の地位を買った時から受け継いでいる名前だ」

「伯爵の地位を買う……?」

地位が買えるとは知らなくて口にした疑問にアレックスは頷き、マリーの身体を優しく撫でながら続ける。

「あぁ、没落寸前の貴族は地位を売って、生計を立てているんだ。ジェームスじい様は、それはもう途方もない金を手にして、各地の土地を買い、伯爵の地位も買ったんだ。それまでただの貿易商の孫だったオレは、一夜にして貴族の仲間入りをしたお陰で、平民《ただ》の子どもではいられなくなった」

それまでは公立学校へ通っていたが、十三歳になったのを機に、パブリックスクールへ通う事になり、平民の出であったアレックスは、様々ないじめに遭《あ》っていたと言う。

「いじめられていたなんて……」

今の逞《たくま》しいアレックスが、自分と同じようにいじめられていた事にびっくりしたが、アレックスは昔を懐かしむように微笑む。

「もちろんオレも負けていなかったけどな。お陰でパブリックスクールでは肉体的にも精神的にも成長して、スティーヴという生涯の友も見つけた」

「スティーヴさんと親友だったのですね」

アレックスが敬称を付けて呼ぶ事を嫌っているから呼び捨てにしているものだとてっきり思っていたが、だからスティーヴも、アレックスに気安く接しているのだと納得した。

「では、スティーヴさんと同じ年なのですか?」

「あぁ、そうだ。マリーより九歳年上だ。スティーヴも平民の出で、奴はオレの執事になると言って、その後、執事学校へ進み、オレはパブリックスクールに通いながらじい様と親父の下に就き、世界各地を巡り、貿易業を学んだが……」

アレックスが十八歳の年に母と共に航海へ出た父の船が沈み、それを追うように心臓を患《わずら》っていた祖父が立て続けに亡くなり、天涯《てんがい》孤独の身になったとアレックスは語る。

後ろ盾がなくなったアレックスであったが、財産だけは存分にあったお陰で、そこから大学《ケンブリッジ》へ進んで経済を学び、企業家として成功し、仕事が軌道に乗り始めたのは、つい最近になってからの話らしい。

「……こんな話はつまらないか?」

「いいえ、いいえ。つまらなくなんかありません」

つまらないどころかとても興味深く、そして共感出来る部分がたくさんあった。

境遇こそ違えど、いじめに遭い孤独に生きてきたアレックスへ、親近感が湧いたほどに。

もちろんマリーのように、ただ耐えるばかりで人生を諦め悲観していたのと違い、逞しく成長し、自らの手で成功を摑《つか》んだアレックスとすべてを重ねるのはおこがましいが――。

「アレックスも一緒……?」

「そうだ。だからマリー、おまえがいい。だが傷を舐《な》め合う為に選んだ訳じゃないぞ?おまえを見初めた時から、オレはおまえしか見なかった」

思わず頰に触れた手を取られ、手の甲にキスをされてうっとりしかけたマリーであったが、そこでふと我に返った。

「待ってください。それはいつ？　いつ私を見初めてくださったのでしょう？」

聖マリアンヌ教会の施設の中でひっそりと暮らしていたマリーを、いったいどこで見かけたというのだろう？

養子縁組を望む人が訪れても、マリーはいつも裏庭の木陰に隠れていたか、掃除を言いつけられていたというのに。

答えを待って見上げると、アレックスは途端にムスッとした表情になった。

まるでマリーを責めているかのような視線だ。

思わずたじろいだ瞬間、アレックスはマリーの柔らかな胸に顔を埋《うず》めた。

「もう夜も深い。オレの話はこれで全部だ。次はマリー、オレの身体を知る番だ」

「あっ……待って……」

「待たない」

東洋人との混血である自分をなぜ見初めてくれたのか、それをこそ一番知りたかった事柄であったのに、アレックスはもう話すつもりはないとばかりにマリーの身体に覆い被さり、括れた身体のラインを撫で下ろす。

「んっ……」

先ほどから身体を優しく撫でられていたからであろうか。シルクの滑らかさを借りて撫で下ろされただけで甘い痺《しび》れが駆け抜け、息を凝らしていると、今度は夜着の内側に潜り込んだ手が、夜着を捲《めく》りながら身体を撫で上げていく。

「素晴らしい……夜着との境目がわからないほどだったぞ。なんて滑らかな肌なんだ」

「あぁ、いや……いやです……お願い、それ以上捲らないで……」

夜着を腰まで捲られて、咄嗟《とっさ》に恥部を隠そうと両手で押さえるマリーの頬に耳朶《みみたぶ》に、アレックスは何度もくちづける。

「いい子だ、マリー。さぁ、その手を退《ど》けて……オレにおまえを愛させてくれ」

「あっ……」

甘いバリトンでとろりと甘い蜜《みつ》のような言葉を耳許《みみもと》で囁かれ、マリーが手をおずおずと緩めると、夜着が上半身へと滑っていく。熱い手と一緒に滑っていくシルクの感触にもぞくりと感じて、思わず目をギュッと閉じている間に、マリーは一糸纏《まと》わぬ姿にされていた。

「あぁ……お願いです……せめて灯りを……灯りを消してください……」

「だめだ。美しいおまえを見ていたい。そしてマリー、おまえを愛する男をよく見るんだ」

衣擦《きぬず》れの音に目をそっと開くと、マリーの上でパジャマのシャツを脱ぎ捨てたアレックスの、彫刻像のように逞しい身体がそこにあった。

「あ……」

美しいと言われたが、アレックスの身体こそ美しく、心臓が耳にうるさいほどドキドキと音をたてる。

この美しい人と今から結ばれる——。

そう思うだけで熱が出そうなほどで、アレックスがそっと覆い被さり、真っ赤に熟れた頬や口唇、首筋へとキスを落としていくと、キスをされた箇所から火が点《とも》るようだった。

「ア、アレックス……あぁ、私……もうどうにかなってしまいます……」

「オレに縋《すが》っていろ。爪を立ててもいい……」

言いながら乳房を丹念に揉《も》み込まれ、手指が乳首を弾くように掠めてくる。そうされるとあっという間に乳首は凝《しこ》り、クリクリと弄《いじ》られるだけで、甘い声が洩れてしまう。

「あっ、あぁン……んっ、んぅっ……い、いやぁ……そこはいやぁ……」

普段は意識もしない場所なのに、アレックスが触れると快感を生む器官に成り代わってしまい、きゅっと摘まれた先端を、尖《とが》らせた舌で舐められたり吸われたりすると、子宮が疼《うず》くのがわかる。それが恥ずかしくて拒絶の声をあげても、アレックスは一向に気にした様子もなく、それどころか歯を軽く立てて、乳首をピン、と弾く。

「いや、じゃなくて悦《い》い、の間違いだろう。ごらん、オレに弄られて……いやらしい色に染まってきた……」

「あぁ……そんな事、言わないでくだ……あ、あぁあん！　もう咬んじゃだめぇ……！」

無垢な身体の筈なのに、乳首が淡い睡蓮色《ロータスピンク》に色づくまで執拗《しつよう》に咬《か》まれると、昨日指を受け容れた蜜口が、媚肉《びにく》を締め上げるように蠢《うごめ》き、どんどん潤んでくるのがわかった。

「いやぁん……あン、そんなふうに舐めないでぇ……」

「嘘をついてはいけないよ、いやらしいマリー。オレに胸を押しつけておいて……本当はこうやって……もっと舐めてもらいたいんだね？」

「んんん……ぁっ、あ……ちが……違います……」

黒髪をパサパサと振り乱しながら首を振るが、アレックスは笑って取り合わない。

「素敵だよ、淫《みだ》らなマリー。普段は控えめで素直なのに、閨《ねや》では淫らな願いを反対の言葉でおねだりして——最高だ」

「あぁ、そんな……」

乳房ごと吸い込むほど口に含まれ、胸をいいように愛撫《あいぶ》されながら、そんな事はないと首を振ったが、アレックスの言うとおりだと思った。

ざらりとした舌に凝った乳首を揉みほぐすように舐められると、いやだと言いながらも、もっとしてほしくなるほど気持ち良くなってしまうのだ。

しかし淫らな願いを口にするのが恥ずかしく、つい逆の言葉を口にしてしまうのだが、アレックスには正確に伝わっているらしい。いやと言う度に乳首を舌で転がされ、だめだと言えば手指で乳房を揉み込まれ、マリーが感じすぎて仰け反れば、あやすように身体を優しく撫でられる。

アレックスの手が滑ると、撫でられた箇所はすべて甘い痺れが走り、身体全体がアレックス色に染められていくようだった。

「あぁっ……ん、んんっ……あっ、あぁあん！　あン、そんな……あぁん……」

両の乳房を愛撫しながら、アレックスの頭が下へと移動し、マリーの美しいボディラインを舐め下ろしていき、臍《へそ》を舐められた瞬間、腰が溶けてしまうほど感じてしまった。

「な、なに……？　あっ、あぁン、舐めちゃだめぇ……！」

誰も知らないマリーの性感帯を発見したアレックスは、尖らせた舌で円をゆっくりと描くように臍を丹念に舐める。その度にマリーは腰を跳ね上げ、びくん、びくんと反応した。

手で弄ばれていた乳首も今まで以上に凝り、乳首を解《ほぐ》すように摘みながら臍を舐められると、啜《すす》り泣きのような喘ぎに変わってしまい、アレックスから逃げようと、拙《つたな》いながらも身体を淫らに波打たせる。その様はただアレックスの嗜虐《しぎゃく》心を煽《あお》るだけとは知らずに。

「やぁあん、だめ、だめぇ……お臍はいや、いやぁ……」

「臍《ここ》がそんなに悦いのか？」

「あん、だめぇ……だ、めぇ……あぁ、お願い……もうそんなふうに弄らないで……」

自分でも知らなかったが、マリーにとっては子宮に直接響くほど感じる箇所なのだ。

舌がひらめくだけで腰がびくびくと跳ねてしまい、アレックスがおもしろそうに舐めてくるのが憎い。けれど舐められてしまえば、また快感の波にさらわれてしまい、睨《にら》んでいた筈が、懇願《こんがん》するような目つきに変わってしまい——。

「あぁ、ん……アレックス……アレックス……」

どうしたらいいのかわからずに名前を呼べば、アレックスは頬や耳朶にキスをしながら、甘いバリトンで囁く。

「マリー……オレのいやらしいマリー。臍だけで達《い》かせてほしい？」

「……っ……達、く……？」

達くという意味をまだわかっていないマリーが、あどけない表情を浮かべて訊くのに、アレックスは堪らないというような表情を浮かべ、優しく目を眇《すが》める。

「そう、昨日オレの指を受け容れて、もう触ってほしくないほどの快感の限界を超えただろう？　天国の扉に手が届きそうなほど気持ち良くなる事を、達く、と言うんだよ」

「あっ……」

身に覚えのあるマリーは、ただでさえ桜色に染まっていた肌を染め上げた。

魂が身体からとび出してしまいそうな、なにかが押し寄せて来るような——或《あ》いはどこかへ飛んでいってしまいそうな、あの状態を表現する言葉があるとは知らなかった。

「わかったかい、いやらしいマリー。オレが見つけた臍を弄って達かせてあげようか？」

「い、いや……」

鳩尾《みぞおち》からの稜線《りょうせん》を人差し指で辿《たど》られ、行き着いた臍をノックされてマリーは目をギュッと閉じ、首をぷるぷると横に振った。

　臍を弄られると腰が溶けてしまいそうになるが、腰のもっと奥。昨日アレックスの指を受け容れた蜜口《みつくち》の奥が疼いて、なにかで満たしてほしくなっていたのだ。今も蜜口がせつなく締まり、愛液がとろりと溢れてくるほどに。

「マリーのいやは反対の意味だったね。臍で達きたいって事か？　それとも——違う場所がいいなら、その場所を言ってくれないとわからないな」

「……っ……」

　笑みさえ浮かべて言うアレックスは、いたずらにマリーの身体を撫でながら答えを待っている。撫でられるだけで淫らな痺れが走り、無垢なマリーには堪らない刺激だった。

　しかし達きたい場所を口にするのは死ぬほど恥ずかしく、マリーは恨《うら》みがましくアレックスを睨んだ。

「……アレックスの意地悪……」

「どうやらそうみたいだ。自分でも知らなかったが、マリーを抱く時だけはオレは意地悪になるらしい。それもマリー、おまえが愛《いと》おしいからだと許してくれ」

　あっさりと認められてますます困ってしまったが、羽が触れるようなタッチで身体を撫でられるのも甘い拷問《ごうもん》のようで、口に出せない箇所がますますせつなくなってきた。

「さぁ、マリー。言ってごらん。オレだけしか知らないマリーを見せてくれ」

「んっ……」

立てた膝にチュッとキスをされて、そこまでが初心《うぶ》な身体は限界だった。

あまりの羞恥《しゆうち》に顔を両手で覆い、マリーは口に出せない代わりに脚を僅《わず》かに開いた。

「わ、私の……ここを……どうか愛してくださぃ……」

「……もっと開いて……そう、もっとオレにマリーの一番恥ずかしい場所をよく見せて」

「ぁっ……っ……」

甘い毒のような言葉におずおずと従い、立てた膝を割っただけで愛液がとろりと溢れた。自分の一番恥ずかしい場所をアレックスに余すところなく見られている。そう思うだけで、身体が焼けるように熱くなり、淫らな気分がどんどん昂《たか》ぶってくる。

「素敵だよ、なんて綺麗な花なんだ……朝露《あさづゆ》にまみれた花びらがオレに触られるのを待って震えている。あぁ、花びらの奥から甘そうな蜜がとろとろ溢れてきた。男を誘う匂いを放って、なんていやらしい花なんだろう」

「いやっ……変な事言わないで……」

早く触ってほしい、とは言えずに震えていると、クスッと笑われた。

「わかったぞ、オレのマリー《マイラブ》。オレはマリーに意地悪をしたくなるが、マリーはオレに意地悪をされるのが大好きなんだね」

「そ、そんな事ありません……」

咄嗟に否定したが、アレックスの言うとおりだ。自分の中にそんな淫らな自分が潜んでいたなんて、神様の下で暮らしていたというのに、なんて淫らなんだろう。

そう自分を責めるが、アレックスの熱い視線を感じるだけで――。

「あぁ、またひくひくして……愛液がシーツにまでたれて湖が出来ているよ」

「いやぁ……！」

あまりの羞恥に耐えきれなくなり、膝を綴《と》じ合わせようとしたが、それよりも先にアレックスに膝を割られ、シーツに付くほど広げられる。

「だめだよ、マリー。隠したお仕置きに、天国の扉まで一気に連れていこう……」

秘所にアレックスの息遣いを感じた――と思った瞬間、包皮から剝き出しになった秘玉をチュッと口唇に強く吸い込まれた。

「――ッ！」

あまりに強い快感に声すら出せず、腰をびくん、と跳ね上げたままマリーは目を見開く。

しかしアレックスはさらに秘玉を舌先で転がし、また強く吸う。

「あぁあああっ！　いやぁ……達ったの、もう達ったのぉ……！」

次は声が出たものの、自分の声とは思えないほど淫らな叫びだ。吸われる度に腰がびくん、びくん、と跳ね上がり、もう触ってほしくないばかりに自ら達った事を伝えたが、アレックスは秘玉を舌で転がし、蜜口から二本の指を淫路《いんろ》に埋めて揺らす。

「んんんっ……ん、ふ……ふぁっ……ぁっ……」

快感を通り越してしばらくは秘玉を舐められても、腰が大袈裟に反応するだけで、なにも感じない息苦しい時が続いたが、少し経つとまた快感の小さな波が徐々に押し寄せて来て、マリーは誰に教わった訳でもないのに腰を揺らし、アレックスの指を締めつける。

その途端に今まで感じた事のない甘い痺れがつま先まで走り、せつないのに甘く蕩けるような感覚を胸いっぱいに味わった。

「あ、あん、あぁ……あっ、んん……」

アレックスの指が奥をつつく度に声が自然と洩れる。

なにかに縋っていないとどこかへ飛んでいってしまいそうで、身体を起こしたアレックスの肩にしがみつきながら、奥をつつかれるタイミングで腰を突き上げる。そうするともっと感じるが、そのうちになにか物足りない気分にもなってきた。

「んっ……んぅっ……」

アレックスの手入れされた長い指の突き上げも気持ちいいが、それよりもっと奥が疼《うず》く。

しかしそれをどう伝えればいいのか、どうすればいいのか、初心なマリーにはわかる筈もなく、アレックスが自らを受け容れ易いよう解しているとは知らず、緩い快感に身をくねらせ、ただ喘ぎ続けた。

「あ、ア……アレックス……アレックス……」

「気持ちいいんだね、オレのマリー。オレの指を奥へ誘い込んでるよ。もう一本増やしても……どう、痛くない？」

「んっ……あ、あぁ……ん、ん……」

少し苦しくなったが、痛くはないと首を横に振り、くちゅくちゅと音をたてて出入りする指の感覚を追っていると、そのうちに苦しさは消えて、快感が勝ってくる。

「あ、あぁ……あっ、あっ、あっ……」

せつない喘ぎが口をつき、マリーの媚肉はまだまだ物足りないとばかりに、アレックスの指に絡みつき、奥へ奥へと誘い込んでいく。

「マリー……」

意識してやっている訳ではないが、誰も知らなかった自らの痴態《ちたい》を余すところなく凝視められている。そう思うだけで身体が燃えるように熱くなり、さらに身体をくねらせると、アレックスは既に昂ぶっている自らをパジャマから取り出した。

若く健康なアレックスは、自らの腹に突き刺さりそうなほど昂ぶっている。

初めて見る男性の秘所の凄まじさに戦《おのの》いたマリーであったが、アレックスを見たら、恐い反面、やめてほしいとは言えなかった。その代わりとでもいうか思わず肩に縋ると、熱く熟れた頬や耳朶に優しいキスを落としてくれる。

「マリー……マリー？　わかるか？　これがオレだ……」

「あっ……あぁ……」

濡れに濡れた秘裂《ひれつ》をみっしりと重く、灼熱《しゃくねつ》の塊が行き来するのを感じ、マリーはアレックスを見上げて、やはり少し怯えた顔になる。しかしアレックスの張り出した先端が淫唇を分け入るように擦っていく感触が心地良くなり、またすぐに淫らな表情を浮かべて、アレックスの肩にしがみつく。

それにキスで応えたアレックスは、マリーの身体を慰撫するように優しく撫でる。

「マリー、オレのマリー、恐くない。オレを受け容れて……愛してくれるか？」

息を凝らしながらも訊いてくるアレックスに、マリーは顔をおずおずと上げた。

見ればアレックスは、珠《たま》のような汗を浮かべ、なにかに堪えるよう目を眇めていた。

こういう時の男性の気持ちはわからないマリーであったが、アレックスがあくまでマリーの意思を尊重してくれているのだけはわかる。

きっとマリーがいやだと言ったら、この美しい人は無理強いをするつもりはないのだ。

いやらしくて意地悪だけど優しくて、オレの《マイ》マリー《ラブ》と呼んでくれる人。

そんな人と結ばれるのなら、少しくらいの恐さなど乗り越えられると思った。

この先もきっと、愛していけると思った。

「……マリー？」

「は、はぃ……どうか私を……愛してください……」

恥ずかしくて最後は目をギュッと閉じてしまったが、頬に優しいキスをされて目をそっと開くと、アレックスはマリーの膝裏に腕を通し、蜜口に灼熱の塊をあてがう。

取らされた態位のあまりの卑猥《ひわい》さに目眩《めまい》がしそうだったが、そんな事を気にしている場合ではなくなった。なぜなら灼熱の塊が蜜口を押すように挿入《はい》ってきたからだ。

「あっ……っ……痛ぃ……」

「……痛い？」

マリーが痛みを訴えると、すぐに引き返し、蜜口をくちゅくちゅと慣らされる。それにマリーが反応して甘い声を洩らすと、また少しずつ挿入ってきた。

「あっ……あ、あっ……」

蜜口から挿入ってくるというより、大きな塊に押されているような感じがして、今度は痛くはなかったが、胸を焦がすようなせつない感情が蜜口から胸へと迫《せ》り上がり、たただ苦しくなった。

「……くっ、なんて狭さだ……マリー、詰めている息をゆっくりと吐き出してくれ」

「んっ……ふ……ふぁっ！」

言われたとおり息を吐き出した瞬間、身体の中でずくっと音がした――気がした。

それを機にゆっくりと時間をかけて、アレックスの灼熱が最奥へ届くのを感じ、マリーの目が見開く。

「あぁっ……あ……あ……」

体内に自分とは違う脈動を感じ、またアレックスの熱さに煽られたように自分の中が燃えるように熱くなった。痛くはないがツン、と引っぱられるようなせつなさと苦しさに、胸が激しく上下する。

今、身体に力を入れたらどうなってしまうかわからずに、受け容れた体勢のまま動けずにいると、四肢が甘く痺れてきた。思わず身動ぐと、中にいるアレックスの存在を意識してしまい、声が自然と洩れ出る。

「マリー……マリー？　大丈夫か……？」

「ぁっ……苦しい……苦しいです……」

「いい子だ。もう痛くはないんだね……っ……動くから爪を立ててもいい。オレに縋りついておいで……」

言いながらキスの雨を降らせていたアレックスが抜け出ていき、抜けるギリギリのところでまた最奥をつつく。ゆっくりとしたリズムで何度か繰り返されているうちに、苦しさよりも疼くような熱く燃え立つような感覚が強くなる。

「あっ……あぁっ……あ、あっ、あぁん……」

媚肉が擦られる感触にぞくぞくと感じ、つつかれる度にはしたない声が洩れ、マリーはアレックスの背中に縋りついた。そうでもしていないと、身体がどこかへ吹き飛ばされてしまいそうなほど、アレックスの動きが激しくて。

「んあぁ……あン……んんっ……あ、すご……」

ちゃぷちゃぷと音がたつくらい激しく出入りされると、ものすごく気持ちいい。

先ほどまで物足りなくて疼いていた部分が、ようやく満たされるのを感じて、出入りするアレックスを、媚壁《びへき》が絡みつくように迎え入れてしまう。

意識してやっている訳ではないが、それがアレックスにも気持ちいいようだった。甘いバリトンの吐息を耳許で聞き、マリーは同じ快感を共有している事を知り、身体がより燃え立つようで。

「あぁ、アレックス……あ、あぁン……アレックス……アレックス……」

「マリー……っ、オレのマリー……くっ……気持ちいいんだね……」

「ア、アレックスは……？　アレックスも気持ちい……？」

訊いた途端に中にいるアレックスが、どくん、と脈打ち、さらに大きさを増した。

「あぁん……な、なに……ぁっ……やぁん……！」

「あどけない顔でなんて事を訊くんだ……危うく持っていかれるところだった……」

なにか変な事を言ってしまったのかと見上げると、アレックスはマリーの口唇にチュッとキスをして、まるでリズムを刻むようにマリーの中を行き来する。

「あっ、あぁん、んんんっ……」

「気持ちいい……って事だよ、マリーの中が絡みついてオレを締めつけて……」

恥ずかしい事を言われたが、それを気にしている余裕はもうマリーにはなかった。アレックスが突き上げる度に頭の中で火花が散り、その火花が光って真っ白になるようで。

「あぁあ……アレックス、摑まえていて……どこかへ行ってしまいそう……」

「どこへもやらないよ……っ……オレのマリー……」

掬うように抱きしめられたかと思ったら、一瞬の浮遊感を感じ、気がつけば起き上がったアレックスを跨《また》ぎ、マリーも座るような態位を取らされていた。

「あぁっ！　あ、あぁっ！」

自らの重みが加わり、さらに奥深くへアレックスを迎え容れたマリーは、まるで岸に打ち上げられた魚のように背を仰け反らせて、びくびくと震えた。

腰を摑まれてずちゅ、ずちゅっと音がするほど身体を上下に揺さぶられると、子宮口をアレックスの先端がつついて、それがとても気持ち良くて。

「いやぁん、あん、あぁん……」

「素敵だよ、オレのマリー……どうしようもなく感じているんだね……マリーが気持ちいいとオレも……っ……」

仰け反ったところで乳房を吸い込むように口へ含まれ、腰を突き上げるタイミングで乳首を吸われると、言われたとおりどうしようもなく感じてしまい、マリーはなす術《すべ》もなく髪を振り乱し、身体全体でアレックスにしがみつく。

「あぁ、もう変になってしまいます……私……私、もうっ……」

「あぁ、オレもそろそろ限界だ……一緒に天国の扉を叩こう……」

言いながらマリーの腰を抱き直し、アレックスはお互いを高みへ連れていくよう、腰を使い始めた。それにマリーも拙《つたな》いながらもついて行く。

「あぁっ！　あぁっ！　あ、やぁんっ！　アレックス……アレックスっ！」

「……っ……マリー……オレのマリー……綺麗だよ……淫らで綺麗で、最高だっ……」

アレックスは息を凝らすとあとは言葉もなくマリーを抱きかかえ、腰の動きを速くする。

それにマリーは甘く淫らな喘ぎを洩らし、背を仰け反らせる。

しかしアレックスがしっかりと抱き留めてくれて、なんとも言えない幸福を感じた。

繋がった箇所は相変わらず甘い熱を帯び、もうどこからが自分でどこまでがアレックスなのか、わからないほどで——。

「あぁああ……私、もう……っ……」

アレックスに突き上げられる度に熱い波が押し寄せてくるのを感じ、マリーがびくびくと身体を絞るようにして達くと、アレックスも低い呻《うめ》きをあげて、何度か強くマリーを穿《うが》ち、勢いよく熱い飛沫《しぶき》を迸《ほとばし》らせた。

「あっ……」

ずん、ずん、と突き上げられ、マリーはお腹の中がじんわりと熱くなるのを感じた。間近にあるアレックスの顔を見れば、胴震いしたアレックスもマリーを凝視めていて――。

「ん、ふ……」

ごく自然と寄せられた口唇に、マリーは目をそっと閉じ、くちづけを受け容れた。

まだ身体の中にはアレックスがいて、身体を密着させてキスをしていると、このうえない幸福を感じる。

いやらしく淫らな事をしたというのに、なぜか神聖な行為をしたように思えるのは、夫となるアレックスが、最後までマリーを尊重してくれたからだろうか？

それともマリー自身が、アレックスに心を寄せ始めたからなのか――。

どちらにしても生まれて初めて大切に扱われる幸せをひしひしと感じ、抱きしめてくれる腕の強さと求められる口唇に応えることで、引っ込み思案なマリーは愛情を返した。

「愛しているよ、オレのマリー」

「……はい」

まだアレックスのように言葉に出して愛してるとは言えないけれど、おずおずと返事を返せるほどに愛し始めている。

こうしてアレックスへの愛情はマリーの心の中にある、柔らかな部分に確かに芽生え、小さな蕾《つぼみ》を付けたのだった。

✝ 第三章　薔薇園の蜜月

マリーは庭に出て、最近お気に入りの深桃色《ミッドピンク》の薔薇《ばら》の花を摘んでいた。

近頃、午後のお茶《アフタヌーンティー》に飾る花を選ぶのは、マリーの仕事となっている。それに茶器を選ぶのも淑女《しゅくじょ》の嗜《たしな》みとして、マリーに任されていた。

最初はどうコーディネイトしたら良いものか悩んだものの、自分が寛《くつろ》げるよう好きなように飾ればいいのだというスティーヴの教えにより、マリーは見ているだけで癒《いや》される、優しい草花が浮き彫りにデザインされた、クリーミーな色合いのボーンチャイナを好んだ。

そこへ庭で摘んだ薔薇の花を飾り、クレールが作った菓子類とお茶をセッティングすると見ているだけで癒されて、アレックスにも好評な事がなによりも嬉しかった。

「いい香り……」

今日の午後のお茶でもアレックスが心から寛いでくれる事を願って、マリーは綺麗に咲いている薔薇ばかりを選んで摘みながら、ごく自然と笑みを浮かべ、今はまだベッドで眠っているアレックスを想う。

結ばれた翌日からアレックスは外出する仕事を控え、マリーと生活を共にしていた。

まだ淑女としての嗜みを勉強中のマリーを常に気に懸《か》け、忙しい合間を縫っては部屋を訪れ、アレックスがダンスのレッスンをしてくれるのだ。

といっても、マリーの身体に密着するダンスのレッスンは他の者には任せられないと、自らダンスの講師を買って出てくれたのだが、時にはダンスをレッスンするだけでは終わらず、身体を繋げる事も珍しくなく。

（……まだ、アレックスが入ってるみたい……）

マリーは自らのお腹に手をあて、庭の薔薇たちに負けないほど赤面する。

昨日はダンスのレッスンの後、アレックスの部屋で愛し合い、夜が明けるまで身体を繋げていて、起きたのはつい先ほどの事だった。

アレックスの安心しきった寝顔を見て起きるのは幸せだが、そんな日々が続き、独り寝をするほうが珍しくなっている始末だ。

最初は同衾《どうきん》した事をスティーヴたちに知られるのが恥ずかしくて、明け方にこっそり自室へ戻っていたのだが、マリーの温もりを感じて寝たいのだと、まるで子どものような駄々を捏《こ》ねられてからは、出来るだけ一緒に眠りから覚めるようにしていた。

今日はたまたま早く起きてしまったので、こうして庭で一人、薔薇を摘んでいるのだが、起きてマリーがベッドにいない事を知ったら、アレックスは怒るだろうか？

しかし怒るアレックスも愛おしく、想像するだけで笑みが深くなってしまう。というのも、アレックスの人となりがわかってきたから思える事だが。

初めの頃はアレックスを前にすると、美しいだけに凝視《みつ》められるだけで萎縮《いしゅく》していたものだが、生活を共にしてみてアレックスの優しさを感じる場面が幾度となくあり、愛されている事をひしひしと実感出来ているからだ。

ディーノという相棒と共に、いくつもの事業の業績を伸ばしている事から、普段は威厳《いげん》があり素っ気ない風を装ってはいるが、実はマリーの前では驚くほど優しく、そして時には子どもに戻ってしまったかのように可愛く思える事もあるくらいなのだ。

九歳も年上の男性を可愛く思える時が来る事などないと思っていたが、自分の前でだけ見せてくれる、甘える仕種《しぐさ》はそれはもう愛おしくて。

愛せるかどうかわからないと思っていた頃が、遠い昔に感じるほどだ。

そう思えるくらい、マリーは愛されるという喜びを目一杯受けているお陰で、この屋敷にいる時だけは、引っ込み思案は解消されつつあった。

コンプレックスである見た目も、皆が褒めてくれるお陰で、少々自信がついてきた。

それでも長年虐げられていた爪痕は深く、自惚《うぬぼ》れるほど美しいとは思えないが、アレックスがこの容姿を気に入ってくれているのなら、それでいいと思えるほどにはなっていた。

しかしいくら容姿が気に入っているからとはいえ、東洋人との混血である自分を見初めてくれた経緯《けいい》については、まだアレックスは教えてくれないのだ。

マリーがいくら聞きたがっても、その事を話題にすると、アレックスは途端にマリーを責めるような視線を向けて、教えないと意地悪ばかり言い、終いには身体を繋げる事でうやむやにされてしまって——。

「……私のなにがいけないのかな？」

あの責めるような視線がいつも気になるマリーであったが、自分のなにがいけないのか、それがまったく思い当たらない。

愛されている実感はある。けれどそこに触れると途端に不機嫌になるには、それなりの理由があると思うのだが、理由がまったく思い当たらないときては対処のしようがない。

故に最近は、あまり見初めてくれた理由には触れないようにしているが、心のどこかに小さな棘《とげ》となって、常に引っかかっているのだ。

いったいいつ、どこで見初めてくれたのか？

あの美しいアレックスが聖マリアンヌ教会を訪れたのなら、孤児たちが噂《うわさ》しない訳がない。養子縁組を組んでもらえるよう、誰もがアピールしたに違いないのに、そんな噂も流れてこなかったという事は、施設へ来た訳でもなさそうだ。

それ以外にマリーを知る機会があるとすれば、新聞記事くらいだ。

時折訪れてくれたジェフリー・リンデンバーグ伯爵が、新聞記者に撮らせた写真記事の片隅に、自分が写り込んでいて、それで見初めてくれたと考えるのが一番しっくり来る。

しかし醜《みにく》い容姿を自覚していたあの頃は、写真に撮られるのもいやで、撮られても顔が判別出来るほどしっかりと写真に写った事もないのだが。

あとはアレックスがジェフリーと友人で、施設に東洋人との混血がいると話に聞いたのかもしれない。だが話に聞いただけで結婚相手として望むというのも、些《いささ》か無理があるようにも思えるし――。

「……やっぱりわからないわ」

「なにがわからないって？」

「きゃあっ!?」

いきなり後ろから抱きしめられて、考えに没頭していたマリーは悲鳴をあげた。

慌てて振り返ればそこにはアレックスがいて、寝起きも手伝ってか少々不機嫌な顔でマリーを凝視《みつ》めていた。

「酷いぞ、マリー。肌寒くて起きたら隣にいる筈《はず》のおまえがいなくて、オレがどんなに寂しい思いをしたと思ってるんだ？」

首筋に顔を埋《うず》めてアレックスが恨《うら》み言を言うと、甘いバリトンが直接響くのがくすぐったくて、マリーは首を竦《すく》めた。

「よく眠っていらしたので、起こしてはいけないと思ったんです」

「あぁ、よく寝てたさ。マリーのこのおっきな胸に顔を埋めて寝ると心地いいからな」

「あっ……」

後ろから掬《すく》うように胸を持ち上げられて、マリーは思わず手にしていた薔薇と剪定鋏《せんていばさみ》を取り落としそうになった。

「薔薇……薔薇を運ばなければなりません、から……どうか手を緩めてください」

「ますます酷いぞ、オレのマリー《マイラブ》。薔薇よりも朝の挨拶が先じゃないか」

胸を揉《も》まれる事から逃れようと、その事ばかりに意識が集中していて、さらなる不興を買ってしまったらしい。すっかり不機嫌になったアレックスの機嫌を回復するには、マリーが折れるしかないようだ。

「わかりましたから、どうか手を放してください。これでは挨拶のしようがありません」

「いいや、このままだ。振り返ってごらん」

無理な体勢からマリーが見上げるようにおずおずと振り返ると、アレックスは口唇《くちびる》に優しいキスをした。しかし胸を揉む手はそのままで、探り当てた乳首をきゅっと摘む。

「やっ……あ、明るいうちからこんなお庭で……んっ、不謹慎《ふきんしん》です……」

「そう言いながら感じているのは誰だ？　ん？」

アレックスは楽しげに言いながら指を小刻みに上下させる。

甘い戯《たわむ》れのつもりのようだがマリーの身体は敏感に反応してしまい、恨みがましくアレックスを睨んだ。

「……アレックスの意地悪……」

「それはもうわかっている事だろう？　それよりどうだ、ここで愛し合うというのは」

項《うなじ》から漂うパフュームと、マリー自身が放つ甘い香りを胸いっぱいに吸い込みながら、アレックスが誘いかけてくる。胸にあった手はいつの間にかマリーの腹を包み込むよう抱きしめていた。そう、まるでマリーが逃げ出すのを阻止するように。

「あ……」

遅れて気づき抗《あらが》おうとしたが、マリーのそんな反応は予見していたとでもいうように、腹にあった右手は下肢へと伸び、長いスカートをゆっくりと手繰《たぐ》り上げ、露わになった脚を愛撫する。

「ア、アレックス!?」

敷地内とはいえこんな屋外で下肢を露わにされるとは思わず、逞《たくま》しい腕の中で身動《みじろ》いだが、マリーが抗えば抗うだけアレックスは大胆になっていくようだった。かといって抵抗をしなければ、当然のように淫《みだ》らな行為を続けるだろうし、どちらにしてもアレックスの思う壺《つぼ》で、マリーが戸惑っているうちにドロワーズの中に手を差し込まれる。

「いやっ……！」

慌てて腰を退いたが、退いた先には既に昂《たか》ぶっているアレックスの灼熱《しゃくねつ》がトラウザース越しにわかり、思わずびくりと身体を竦《すく》めているうちに手指が和毛《にこげ》を撫で、それよりさらに奥へと忍び込んできて、マリーは手にしていた薔薇と剪定鋏を取り落とした。

「まだオレの名残があるんじゃないか？　いや、違うな。ほんの少し胸を弄《いじ》っただけで、とろとろに蜜《みつ》が溢れてる」

くちゅり、と音をたてて秘裂《ひれつ》を暴いたアレックスの指が、蜜口《みつくち》から溢れる愛液を掬《すく》い、淫唇をゆっくりと上下になぞり上げ、行き着いた秘玉にたっぷりと塗り込める。

「あっ……あ、あぁん……そこはだめぇ……」

ヌルヌルになった指で芯《しん》を持ち始めて包皮《ほうひ》から顔を出した秘玉をクリクリと転がされると、腰から頽《くずお》れてしまいそうなほど感じてしまって、マリーは弄られる度に腰をびくん、びくん、と跳ね上げながら、上半身を屈《かが》めた。

「まったくおまえは……なんて素晴らしい身体をしているんだろう……」

マリーが屈んだだけ一緒に身体を折ったアレックスが、項に顔を埋めながらクスクス笑う。意識してやっている訳ではないのだが、秘玉を弄《いじ》られるだけで、腰が自然と跳ね上がり、マリーの柔《やわ》らかな尻が、昂ぶるアレックスをも刺激してしまうらしいのだ。

「……マリー？　オレのいやらしいマリー……どこが感じるんだ？」

「あぁぁ……いやっ……！」

そんなはしたない事は言えないと首を横に振ると、アレックスは不意に下肢《かし》を弄るのをやめて、マリーを支えていた手でワンピースのリボンを片手で器用に解《ほど》き、そのうえ釦《ボタン》を外してしまう。するとワンピースの中に押し込められていた大きな胸がぽろりとまろび出てしまい、外気に触れた乳首がきゅうぅぅっと凝《しこ》った。

「ぁっ……あぁぁ……い、いやぁ……！」

身体を起こすよう仰《の》け反らされると、白い胸が弾みながら太陽の下に曝《さら》されてしまい、あまりの羞恥《しゅうち》に声を放つと、アレックスはクスクスと笑う。

「そんな大声をあげたら、何事かと思ってスティーヴたちが来てしまうよ？」

「……ぁっ……あ、あぁン……だ、だめぇ……」

慌てて口唇を噛んだが、アレックスが片手で胸を揉みながら、また秘裂の中をくちゅくちゅと弄び始めたせいで、マリーは声を抑える事が出来なくなった。

胸の柔らかさを楽しみながら、凝った乳首と濡れに濡れた秘玉を同時にクリクリと弄られると、どうしようもなく感じてしまう。

こんな屋外で――しかもこんなに明るいうちからと思うのに、アレックスにかかるとすぐに快感のスイッチが入って、淫らな自分が現れてしまうのだ。ほんの数日前までは初心な身体であったのに、なんて淫らなんだろう。

そう自分を責めるが、抗《あらが》いがたい快美な感覚に押し流されてしまい――。

「いっそスティーヴたちに見せてあげようか？　マリーのいやらしい場所を全部。うんと恥ずかしいポーズでオレを受け容れた姿を見せたら、スティーヴたちもマリーのこのおっきな胸を吸って、マリーが大好きな小さなお豆を弄るかもしれないよ？　そうしたらマリーはどうなるだろうね？」

「いやぁん！　だめぇ……だめぇ……！」

アレックスを目一杯受け容れながら、両の胸をスティーヴとクレールに吸われ、ディーノに秘玉を吸われている自分を思わず想像してしまい、アレックスの指が蜜口をくちゅくちゅ弄るのに合わせ、マリーは透明な飛沫《しぶき》を何度も飛ばした。

「想像しただけで達きそうになって悪い子だ。ごらん、薔薇に潮がかかって朝露に濡れたようになってしまったよ」

「ぁっ……んんっ、ん……いや、いやぁ……！」

「悦いんだね、オレのいやらしいマリー。恥ずかしいのが大好きだろう？」

「んんんっ……は、はぃ……」

素直に認めると、まるでご褒美を与えるように指が入ってくる。

「あ、あっ、あぁん、あぁ……」

媚壁《びへき》を擦りながら指が出入りする度、ちゃぷちゃぷと激しい水音がたつ。それが恥ずかしいのに気持ち良くて、マリーは指が入ってくるのに合わせて、せつない声をあげた。

もっともっと淫らな事をしてもらいたい、もっと恥ずかしい事をしてもらいたくて、自ら指をしゃぶるよう媚肉《びにく》をうねらせる。そうするともっと気持ち良くなったが、まだ足りない。奥深くをアレックスの灼熱《しゃくねつ》で満たしてもらいたくて、マリーはまるで幼い子どものようにいやいやと首を振る。

「あぁン、あぁっ！　あ、あぁあ……アレックス……アレックス……」

「なんだい、いやらしいマリー？」

トラウザースを突き破りそうなほど昂ぶっているのに、涼しげな声で惚《とぼ》けるアレックスに、マリーは自らスカートを捲り上げた。

「んんん……アレックスがいいの……お願い、アレックスのおっきいの挿入《いれ》て……」

「いい子だ、オレのマリー。このいやらしいお口に……オレを受け容れたいんだね？」

この、と言いながら蜜口をじっくりと弄ると、マリーは壊れた人形のようにこくこくと何度も頷き、焦《じ》れったそうに身体を波打たせる。

「んぅ……そうなの……いっぱいいいっぱい挿入てぇ……！」

恥ずかしい事を口にすると、アレックスは良く出来ましたとばかりにマリーの黒髪にキスをして、脱げかかっている下着を地面へ引きずり落とし、マリーの下肢を露わにした。

そして尻を突き出すマリーの後方に跪《ひざまず》き、両の親指で秘裂を目一杯開く。すると蜜口からはまた新たな愛液がどんどん溢れてくる。

「糸が引くほど感じて……こんな外なのにマリーの中はいやらしくなってとろとろだ。それに薔薇と同じ綺麗な深桃色に染まっているよ」

「あっ、あぁあん、そんな……わないで……」

見ているだけでなく早く挿入て欲しい、中を、奥深くを熱いアレックスで擦り上げて欲しい。なのにアレックスに焦らされて、蜜口がひくひくと蠢《うごめ》く。それを間近で見られていると思えばもっと感じてしまって、また新たな蜜が溢れ出る。

「やあぁん……もう達《い》っちゃう……！」

「まだ達ってはだめだよ……この淫らな花をもっと観察してからだ」

達く事を禁じたアレックスは、ひくひくと淫らに開閉する様を思う存分堪能《たんのう》すると、マリーが摘んだ薔薇を手にした。そしてその薔薇の花に蜜を塗りつけるよう、ぱっくりと開いた秘裂を薔薇で擦り上げた。

「あっ……や、やあぁあ！　なに……なに？」

「わかるかい、マリー……薔薇がマリーの一番恥ずかしい場所を擦ってるよ。蜜がたっぷりついてテラテラに光って……あぁ、いやらしい花がふたつになった」

花と花が捩《よじ》れるように擦れ合う様は、美しくありながらなんとも言えぬ淫らさがあり、淫靡《いんび》そのものであった。アレックスはマリーが淫らに望むまま、薔薇の花を前後にヌルヌルと滑らせる。

「あぁん、あぁっ……いや、いやぁん……いやぁ……」

まるで天鵞絨《ビロード》のように柔らかで幾重にも重なった花弁が淫唇を次々と捲り上げるように擦れると、たくさんの舌に舐められているような感触がして、そこがマリーの限界だった。

「いっやあぁん……達っちゃう……薔薇で達っちゃうぅっ！」

びくん、びくん、と身体を痙攣《けいれん》させながらマリーは達してしまった。アレックスに開かれている秘裂は、媚肉を蜜口の中へ何度も強く吸い込むような仕種を見せ、濡れそぼる淫唇はぽってりと膨らみ、まるで南国の花のような淫らさだ。

「あっ……っ……あ、あっ……」

官能が手先からつま先まで駆け抜け、アレックスが薔薇をいたずらに滑らせるだけで快美に浸り、マリーは深い快楽を味わい続けた。

しかしまだ足りない。媚壁がまだアレックスをしゃぶっていないのだとせつないほどに締まってしまう。

「うぅ……」

達ったばかりだというのにもう欲しくなってしまって、マリーは自ら脚を開き背後のアレックスを振り返る。

「アレックス……お願い……もっと欲しいの……」

「この薔薇がそんなに気に入った？」

愛液に濡れそぼる薔薇を目の前に持ってこられて、マリーは赤面しながらもいやいやと首を振り、熱く熱くアレックスを凝視める。

「お願い……もう焦らさないで。アレックスがいいの、来て……」

アレックスがいいのだと手を伸ばすと、その手を取られチュッとキスをされる。

「おねだりもずいぶん上手になったな。わかってるよ、マリーの欲しいのはこれ？」

言いながらアレックスは自らのトラウザースを寛げると、マリーの両手に指を絡め、熱く滾《たぎ》ってそそり勃つ自身をマリーの蜜口へあてがう。

「あっ……熱い……」

ヌルヌルと擦りつけられると、アレックスの熱に煽《あお》られたように、触れられた箇所から燃え上がってしまうようだった。

「マリーも熱い……熱くて蕩《とろ》けててもう溶けてしまいそうだよ……」

「んぅっ……だめぇ、まだ溶けちゃだめなのぉ……」

「……っ……もちろん――」

熱く蕩けたマリーに触れただけで達ってしまうような男になるつもりはないとばかりに、アレックスは後ろ手になっているマリーの両手を摑む力を利用して一気に入ってきた。

「あぁあ――ッ！」

子宮口を突き破りそうな勢いで媚肉を擦り上げられ、マリーは淫らがましい悲鳴をあげ、挿入の衝撃に身体を小刻みに震わせる。一瞬だけ気が遠のいたが、指と指をしっかりと絡めたアレックスの凝らした息遣いを耳許で感じ、逞しく熱いアレックスに満たされた事の悦びにしばし浸る。

愛おしい人を受け容れる悦びは、口では言い表せないほどの幸福感があり、繋がったところからお互いの鼓動がひとつに溶け合う瞬間は、得も言われぬ快感になる。

初めの頃は挿入《いれ》られるだけでもひと苦労だったのに、今ではすっかりアレックスを受け容れる蜜壺になってしまった。

しかしそれがいやじゃない。アレックスが悦んでくれるなら、それでいいと思えるほどに彼を愛しているから。

「くっ……マリー……ッ……待ち焦がれていたんだね、すごい締めつけだ……」

達くかと思ったと掠れた吐息で囁かれ、マリーのほうこそ達きそうになった。それだけアレックスのバリトンは、腰に直接来るほどの威力を持っているのだ。

「あっ……は……」

凝らしていた息を吐き出し身を任せると、アレックスがしっかりと支えてくれて、熱い楔《くさび》をゆっくりとリズムを刻むように出入りさせ始める。

「あ……ぁあっ、あっ、あぁっ、あぁっ！」

張り出した先端が媚肉を擦っていくのが気持ちいい。それに後背位で受け容れているせいで、アレックスの裏筋が秘玉の裏側を擦り上げていくのも堪らない快感になって、マリーは突き上げられる度に声をあげた。そして思わず仰け反った拍子に、大きな胸が弾んで、前に植わっている薔薇の花や葉に乳首が微かに擦れ――。

「あぁん！　薔薇が……薔薇がまたぁ……！」

気持ちいい箇所をすべて刺激される形となり、マリーの中が激しく蠢動《しゅんどう》する。それがアレックスには堪らない刺激となって、灼熱の楔がいっそうのかさを増す。

「薔薇に嫉妬《しっと》しそうだ……っ……オレより薔薇が好き？」

「んんんっ……アレックス、アレックスがいい……アレックスじゃなきゃいやぁ……」

「……っ……可愛い事を……では、ご希望に応えなくては、な……」

奥歯を噛み締めることで吐精を堪えつつ、アレックスはより速く腰を使い始める。それにマリーも必死でついて行き、拙《つたな》いながらも腰を使う。

一対になった二人の律動が共鳴し、お互いにさらなる快感を与え合った。

「あぁっ！　あ、あぁんっ！　すご……すごいのぉ……！」

アレックスが子宮口を、ずん、ずん、と突く度に感じてしまって、マリーはどうしようもない官能に灼《や》かれ、涙目になりながら黒髪を振り乱す。その様は美しく、アレックスをさらに燃え上がらせる。

ちゃぷちゃぷと音をたてながら速い腰使いでマリーを追い上げ、自らも高めていく。

吸い上げるように蠢くマリーの淫壁は素晴らしく、ともすれば先に達してしまいそうなほど狭くて熱く、アレックスの息も弾んできた。

「マリーもすごい、ぞ……っ……覚えたてとは思えないほど絡みついてきて――最高だ」

「んぅっ……いや？　こんな私はいや、ですか……？」

アレックスによって淫らに創り替えられた身体だが、こんなに淫蕩《いんとう》に耽《ふけ》ってしまうとは思ってなかったかもしれないと、少し不安になって訊いてみると、片腕をぐいっと引っぱられ、舌を絡めるキスを受けた。

「ん、ふぁっ……っ……」

舌と舌をくちゅくちゅと絡めながら、身体を持っていかれそうなほど激しく出入りされ、その激しさに答えを感じた。そしてたっぷりと舌を絡め終わると、もちろんアレックスは言葉でも答えてくれる。

「いやな訳あるか。オレ色に染めるつもりだと言った、だろう……普段は貞淑《ていしゅく》で、睦《むつ》み合う時は淫らになって……っ……本当にオレ好みだぞ？」

「う、嬉しい……」

アレックス色に染まる――まさに今の自分は、心も身体もアレックス一色になっている気がして、本当に嬉しかった。

身体の中にアレックスがいる幸せをひしひしと感じ、その悦びが身体を通してアレックスにも伝わっているようだった。今までにも増してアレックスがどくん、と脈打ち大きくなり、隘路《あいろ》を擦り、ずんずん突き上げられる。

「あ、あぁん……おっきい……」

「おっきいのが好きだろう?」

「んっ……あぁン……好き、好きぃ……」

「好きなのはオレのこれ、だけ……?」

これ、のところでずん、と突かれて、マリーは甘い刺激にぞくぞくとしながらも首を振りたてた。

「ア、アレックス……ぎゅってしたい……私を抱きしめて……」

愛情が身体から溢れ出るほど湧いてきて、それを抱きしめる事で伝えたかった。

ただ単に、好きだと言うだけでは物足りなくての願いだったのだが——。

「ひぁっ……っ……!?」

アレックスは出ていく事なく中に入ったまま、マリーの身体を正面に抱きしめ直したのだ。お陰でマリーは媚壁を回転するように捏《こ》ねられる羽目になり、また淫らな悲鳴をあげてしまった。

「んっ……ふ、アレックスの意地悪……」

危うく達きかけて身体が硬直してしまったが、ようやくまともに息を吹き返して恨み言を言いながらも、アレックスと向き合えた喜びを身体全体を使って抱きしめる事で応えた。

「私も……私もアレックスが大好き……私も私のアレックス《マイラブ》って呼んでいいです、か？」

おずおずと、だがしっかりと口にすると、アレックスは今まで見た事もないような幸せそうな笑みを浮かべ、また中のアレックスもびくん、と跳ねた。

「あン……！」

「そう呼んでくれる日を待っていたよ、オレのマリー《マイラブ》……愛しているよ……」

「あぁっ……アレックス……私のアレックス……」

まだ恥ずかしくて愛してるとまでは言えなかったけれど、言えない代わりに身体で応えた。腰を抱え直したアレックスが出入りするのに合わせ、マリーも精一杯ついて行く。

ゆっくりとしたものからだんだんと速く、同じリズムを刻んで快感を分かち合う。

そう感じるだけでも幸せで、それ以上に身体が悦びに満ち溢れてきて――。

「あ、あぁん……あ、達く……達っちゃう……アレックス、私のアレックス……」

「あぁ、オレも――ッ、一緒に天国の扉を叩こう、オレのマリー……」

「あ――あ、や……やあぁん……！　達く、達くぅ……！」

ぐいっとねじ込まれた途端に子宮が甘く蕩けるように疼《うず》き、マリーがびくびくと痙攣《けいれん》しながら達すると、その断続的で吸い込むような締めつけで、アレックスもマリーの子宮に熱い飛沫《しぶき》を浴びせる。

「――あっ……あぁんっ……！」

すべてを出し尽くすまで腰を何度か打ちつけられて、マリーは誰に教わった訳ではないが、アレックスが腰を入れる度に絞り取るよう強く締めつけた。それがまた快感となってマリーに返ってきて、しばらくはアレックスにしがみついたまま、快感の波にのみ込まれていたが、アレックスが出ていき、波が徐々に退いていくのと同時に、余韻《よいん》を味わうよう口唇を重ね、舌を絡め合った。

「ん、ふ……」

何度も何度も口唇を吸い合い、舌をお互いに搦《から》め捕る。そんなキスを続けているうちに、次第にキスは戯《たわむ》れのようなキスになっていき、触れるだけでくすぐったくなるようなキスに変わると、お互いにクスクスと笑っておでこをくっつけ合う。

「素敵だったよ、オレのマリー……愛しているよ」

「……はい。私も……」

やはり愛しているとは言えずに返事を返しただけだが、アレックスにはしっかり伝わったらしい。幸せそうな笑みを浮かべられて、マリーもこのうえなく幸せな気分になれた。

そうしてしばらくは言葉もなく寄り添っていた二人だったが、マリーの黒髪を愛おしそうに撫でたアレックスが、髪にキスをしながら思い出したように瞳を覗き込んでくる。

「ところでマリー、なにかわからない事があったようだが？」

「あ……」

そう言えばとマリーも、睦み事が始まってしまう前に洩らした独り言を思い出した。

しかしせっかく幸せな気分に浸っているのに、いつ見初めてくれたのかを訊いて、アレックスの機嫌が悪くなったら台無しだ。

それとも愛を確かめ合った今なら、訊いても少しは寛大に答えてくれるだろうか？

「マリー？」

答えを促すよう身体を揺さぶられて、マリーはおずおずと深蒼色《ミッドブルー》の瞳を凝視めた。

「あ、あの……私やっぱりわからなくて……その、アレックスがいつ私を見初めてくれたのか、いろいろ考えたんですけれど……あの、ひとつだけ質問していいですか？」

「質問によるが、まぁ、聞いてあげよう」

やはり少しだけ不機嫌になってしまったが、珍しく質問を聞いてくれる態度に勇気をもらい、マリーは思いついた事を口にする。

「アレックスは、ジェフリー様とご友人ですか？」

「……ジェフリー、様？」

「はい、ジェフリー・リンデンバーグ伯爵《はくしゃく》です。アレックスと同じ年で素敵な紳士です。私にもとても優しくて、施設にいた頃は一番に声をかけて……アレックス？」

アレックスの眉根が寄るのを見て、マリーは話すのをやめた。

なんだかいつもよりも機嫌が悪そうに見えるのは、気のせいだろうか？

「……マリーへ一番に声をかけていた――ジェフリー・リンデンバーグだと？　くっそ、まさかあいつまで……」

「あ、あの……アレックス？」

マリーをギュッと抱きしめて、アレックスは悪態をつく。

あいつ、と言うからには知り合いのようだが、なにやらアレックスの機嫌がますます悪くなってしまったようだ。

「マリー、まさかあいつに口説《くど》かれた事はないだろうな？」

「くど……と、とんでもない！　そのような事は一度もありません。むしろ私のほうが」

言いすぎた、と思った時には遅かった。アレックスの眉間《みけん》に皺《しわ》が寄り、機嫌はどん底まで落ちて、怒りすら湧いているようだった。

「マリー……まさかあいつが好きだったなんて言うんじゃないだろうな？」

「あの……いえ、あの、当時は仄《ほの》かにお慕いしていましたが、アレックスと結ばれた今、あれは恋とも呼べないくらい淡い感情で……だからその……」

なんだか話せば話すほど、墓穴を掘っているような気分になってきた。そのくらいアレックスは怒りに燃えた目でマリーを凝視めているのだ。

「信じてください。でないと私……」

どんどん悲しくなってきて、泣くつもりはなかったのに涙が溢れてしまった。

愛を確かめ合った後になんでこんなに悲しい気持ちにならなければいけないのだろう？　それも自分が質問をしたせいだろうか？　それとも、アレックスとジェフリーが知り合いで、しかも仲が悪い知り合いだった事が原因だろうか？　いや、マリーが仄かに慕っていた事がいけなかったのだろうか？

いろんな思いがごちゃ混ぜになって、強い視線にとうとう耐えきれなくなり、顔を覆って本格的に泣き出すと、アレックスはマリーを腕の中へ抱き寄せ、髪に何度もキスをする。

「あぁ、すまない。泣かないでくれ、オレのマリー。あいつの名を聞いて少し苛立《いらだ》っただけだ。それとマリーが慕っていた事にも嫉妬しているが、マリーを責めてはいない」

「……で、でもアレックスは怒ってます……」

抱きしめられた胸の中で怒りをひしひしと感じているマリーが反論すると、アレックスは大きく深呼吸をして、マリーの背を優しく叩く。

「すまない。決してマリーを怒っている訳ではないよ。あいつとは少々因縁《いんねん》があってね」

「……因縁？」

「あぁ、前にオレがパブリックスクールでいじめられていたと話した事があるだろう？　そのいじめていたリーダーが、あいつだったんだ」

由緒正しい貴族の血を引くジェフリーは、庶民の出であるアレックスやスティーヴに、口にするのもばからしいいじめの数々を思いついては仕掛けていたらしい。

教師の前ではいい子の振りをしながらも、陰では陰湿《いんしつ》ないじめをしていたジェフリーは、今もアレックスの事業を模倣《もほう》して、少なからず利益を得ているとの事だった。

「ジェフリー様がそんな事を……」

思い描いていたジェフリー像とはかけ離れすぎていてびっくりしたが、教師の前ではいい子の振りをして陰でいじめている姿は孤児《おとうと》のラルフにそっくりで、アレックスが嫌っている理由が手に取るようにわかってしまった。

「だいたいあいつが寄付をしているのも、慈善《じぜん》活動のアピール以外の何物でもないからな。心から寄付をしたいなら、わざわざ新聞記者を引き連れて来る必要はない」

そう言われてみて初めて違和感を覚えた。底辺を彷徨《さまよ》っていたあの頃は疑問を持つ余裕すらなかったが、心から寄付を寄せてくれる人がわざわざ毎回、新聞記事にする為に写真を撮っていくのは変だ。確かにアレックスの言うとおり慈善活動のアピールでしかない。

そうやって考えると、ジェフリーの計算高い人となりが見えてきた気がする。

「あ……」

そこでふと思い出してしまった。ジェフリーが施設の前で手袋を投げ捨てていた場面を。

「どうした？」

「いえ、以前、施設にいた頃、ジェフリー様が施設の前で手袋を投げ捨てていたんです。まるで汚い物を触ってしまったかのように。それはもしかして――」

「憶測《おくそく》でものを言いたくないが、外面のいいあいつの事だ。孤児たちに触れた手袋を捨てていたんだろうな」

「……私もそう考えてしまいました……」

だとしたら、なんて酷い。マリーを含めた孤児たちを汚い物のように扱っていながら、慈善活動のアピールの為に、ほんの十数分だけ滞在していたという事だ。

思えばいつも手袋をして訪問していたような気がする。それにあの頃は仕事が忙しいからだと思っていたが、写真を撮るのが目的ならば、時間はそう必要ない筈だ。

施設の前で苛立ったようなあの時の顔がジェフリーの本当の顔だったのかと思うと、今さらながらに背筋がぞっとする。

そしてそんな人物に仄かとはいえ恋心を抱いていたなんて、そしてミスターJだと思い込んでいたなんて、自分の愚かさに頭痛がしそうだ。

しかし――。

「それでは……私のミスターJは誰?」

アレックスに聞かされたジェフリーの狡猾《こうかつ》さを思うと、毎月二十四日に孤児たちへプレゼントを贈ってくれていた、ミスターJが誰だかわからなくなってしまった。

「私の……ミスターJ？　おい、マリー。誰だそれは？」

聞き咎《とが》められてまた怒られるかもしれないと思ったが、アレックスが包み隠さず話してくれたのだ。自分も素直に話そうと思った。

「毎月決まった日にちに孤児たちへプレゼントを贈ってくださっていた、謎の紳士で……私が敬愛しているお方です。部屋に飾ってある私物はすべてミスターJからの贈り物で」

「あぁ、あのオルゴールやクリスマスオーナメントか」

「はい……」

また嫉妬されてしまうかと思ったが、アレックスは納得したように頷いた。

「いったいどなたが贈ってくださったのか、わからなくなってしまいました」

「謎は謎のままでいいのではないか？　施設へ心を寄せていた紳士がいたって事で。それよりマリー、新しい薔薇を摘まなくていいのか？　それともマリーの蜜をたっぷり吸った薔薇を飾るか？」

「……アレックスの意地悪。新しい薔薇を摘みます」

考えに没頭しそうになったが、アレックスにからかわれて、マリーは真っ赤になりながら剪定鋏《せんていばさみ》を受け取った。

しかしお気に入りだった深桃色の薔薇は当分、まともに愛《め》でる事は出来そうもなく、マリーは紅茶色の薔薇を摘んだのだった。

† † †

「マリー、最近すごく綺麗になったね」

「え……？」

不意に言われた言葉に、マリーは刺繍をしていた手を止め、クレールを凝視めた。

「もちろん前から綺麗だったけどさ、アレックスと仲良くなってからもっともっと綺麗になったみたい。やっぱり愛されてると違うね〜」

屈託《くったく》のない笑みを浮かべられ、照れくさくなってしまったマリーは赤面しながらも、この屋敷内で唯一、気軽に話せるクレールに首を傾げる。

「……そんなに変わった？」

「うんうん。よく笑うようになったせいかな？　それにアレックスと一緒だとすごく嬉しそうだもん。見てるこっちが幸せになるくらいにね」

自分では意識した事もなかったが、そんなに笑うようになっていただろうか？

綺麗になったというのは些《いささ》か疑問だが、それもアレックスを想っての事だと思えば、そんな変化も悪くない。

そう思えるほどに、マリーはアレックスに愛されている事を実感出来ている毎日だ。

仕事は相変わらず邸内で執《と》り行っているせいでディーノがその分割《ワリ》を食っているようだが、アレックスは蜜月《みつげつ》なのだからと堂々と言い切り、昼夜関係なくマリーと愛し合うのだ。

お陰で時には愛されすぎてベッドから出してもらえない事も多々あり、起きるのが午後になる事もあって、クレールたちと顔を合わせるのが恥ずかしくなる。

しかしそこは側仕えという事で、皆まったくと言っていいほど気にしていない振りをしてくれるが、アレックスに愛された後、シャワーを浴びても淫らな気配が残っているようで、マリー自身が気になるのだが——。

「あ〜、今またアレックスの事考えてたでしょ？」

「そ、そんな事ないわっ」

「またまたぁ。いいからいいから。本当にあっつあつだよねぇ」

思わず反論したが、クレールには笑って取り合ってもらえず、マリーは頬を膨らませた。

確かにアレックスの事を考えてたのだが、そういうふうに言われてしまうと、なんとなく不本意な気分になるのだ。

「もうクレールなんて知らないわ」

つん、とそっぽを向いて怒った振りをするマリーを見て、クレールは優しく微笑む。

マリーとしては不本意このうえないのだが、マリーが喜怒哀楽《きどあいらく》を表すと、なぜかクレールを始め屋敷中の皆が嬉しそうに微笑むのだ。

笑っている時ならいいが、こういう風に怒っている時に微笑まれると、なんだか照れくさくなってしまう。

しかし一度怒った表情を浮かべてしまった手前、すぐには普段どおりに振る舞えず、仕方なく怒ったポーズを取っていると、クレールはなんの悪気もなく笑いかけてくる。

「そんなに怒らないでよ～。お詫《わ》びに今晩のデザートは、トライフル作るからさ」

「え……」

クレールの言葉に思わず反応してしまい、怒った顔ポーズも忘れてクレールを見た。

トライフルはイギリス伝統のお菓子だが、マリーはこの屋敷に来て初めて食べたのだ。

大きな器にスポンジケーキと生クリーム、それにフルーツやゼリーが何層にも重なっているお菓子で、前にデザートで供された時、マリーはあまりの美味しさにおかわりしてしまったくらいお気に入りなのだ。

「それから帆立《ほたて》と鱒《ます》のテリーヌと、メインはフィレステーキで、マッシュルームのポタージュスープでしょ？　付け合わせの野菜は、マリーの嫌いな白人参《しろにんじん》は抜いてあげるから」

どれもすべてマリーの好物を供してくれるらしいクレールの言葉に、機嫌が戻った。

フランス人のクレールが作る料理はどれも美味しく、メニューを聞いているだけでお腹の虫が騒ぎ出しそうになる。

「聞いているだけでお腹が空いちゃう」

「それじゃ、刺繍はこれくらいにして、午後のお茶《アフタヌーンティー》にしようか？」

「ええ、でも夕食は大好物ばかりだから、クリームティーがいいわ」

クリームティーとは午後のお茶のように、キューカンバサンドやミニケーキは付かず、スコーンとお茶のみのおやつだ。アレックスもお茶は飲んでも間食はあまりしないので、最近では午後のお茶をするといっても、クリームティーにするほうが多い。

そしてスコーンはクレールが焼きたてを作ってくれて、マリーが茶器とお茶を選ぶのだ。

「スコーンはふたつだね？　今日はどこでお茶する？」

「来賓晩餐室《ゲストダイニング》のテラスがいいわ。今朝、芍薬《しゃくやく》の花が綺麗に咲いてたの。ウェッジウッドのジャスパーウェアがとても映えそうだと思わない？」

二人はまるで兄妹のように仲良く午後のお茶の用意をして、準備が調ったらアレックスを呼ぶのだが、二人が刺繍の道具を片付けているところで先にアレックスが入室してきた。

「アレックス、お疲れ様。お仕事の区切りはいいですか？　ちょうど午後のお茶にしようと思ってたところなんです」

おでこと口唇《くちびる》にキスを受けながら笑顔で話すと、アレックスはマリーの肩を抱いてソファに座り直させる。

「実はな、マリー。先ほどディーノが取引先からもらった観劇のチケットを持って来たんだ。まだマリーは劇を観た事がないだろう？　今晩は一緒に出かけよう」

「……お出かけ、ですか？」

笑顔で頷かれて、マリーは少し怯んだ。この屋敷の中ではある程度自由に振る舞えるようになったが、外の世界はまだマリーには恐ろしかった。

劇を観たいがアレックスに同伴されているのがマリーであったなら、きっとアレックスが嘲笑《ちょうしょう》の的になってしまうと思うのだ。

「大丈夫、なにも心配する事はない。オレがマリーを守る。観劇も淑女《しゅくじょ》の嗜《たしな》みだと思って、マリーは楽しみにしていればいい」

「ですが私のような者が一緒だったら、アレックスが笑われてしまいます」

マリーが真剣に言うのに、アレックスは笑みさえ浮かべ、頬にキスをする。

「笑われる事はまずないよ。それどころか……いや、とにかく行こう。オレのマリーを自慢させてくれ」

嘲笑されるどころか羨望《せんぼう》の的になるだろう事は充分予想できたが、それを言ったらまた引っ込み思案のマリーが出そうで、アレックスは敢えて言わずに宥《なだ》めにかかる。

「マリーと一緒に観たいんだ。パートナーと行くのが普通だし、頼むからオレを寂しい独り者にしないでくれ」

頬にキスを受け、話を聞いてから落ち着きなくブレスレットに触れていたマリーは、請うように凝視めてくるアレックスを見て、並々ならぬ覚悟で行く決心をした。

「……わかりました。けれど笑われても知りませんからね？」

パートナーと行くのが普通というならと、渋々と告げると、アレックスは感謝のキスをして、ひと仕事出来たとばかりに張り切り出した。

「クレール、という訳だから午後のお茶でしっかり食べるぞ。キューカンバじゃなくハムチーズサンドにしてくれ」

「了解、クロックムッシュにしてあげる！　劇場はどこ？」

「オールド・ヴィック・シアターで、演目は『真夏の夜の夢』だ」

イギリス自慢の作家シェイクスピアの作品と聞き、マリーは本で読んだ内容を思い出し、胸が高鳴った。実際に俳優が演じたら、どれだけ胸に来る作品になるだろうかと、少しだけ楽しみになってきた。

「それじゃ、夕飯は九時半くらいでいいね。マリー、観劇の準備があるからお茶のセットは僕がやるよ。目一杯おしゃれしてね！」

クレールもひと仕事出来たとばかりに張り切って部屋を出ていくと、代わりにスティーヴが入室してきて、邸内がにわかに活気づき出した。だがアレックスはマリーの肩を抱き、まだ話がある様子で薄蒼色《アイスブルー》の瞳を覗き込む。

「観劇には取引先の中国人夫妻も同席するんだ。マリーの事を話したら、是非にとプレゼントを預かったんだ」

「……プレゼントです、か？」

「あぁ、オレが盛大に自慢したら、着こなす姿を是非とも見てみたいと言われてな」

言いながらアレックスが指を鳴らすと、スティーヴが両手で持つほどの箱を恭《うやうや》しく差し出し、マリーの視線がその箱に移るタイミングで箱を開けた。すると中には見事な銀糸の刺繍が施された、白いシルクの服と揃いの芙蓉《ふよう》の髪飾りが入っていた。

「……これは？」

「チャイナドレスという中国の礼服だそうだ。今夜はこれを着てもらって、取引先の中国人夫妻をマリーの美貌であっと驚かせるぞ」

楽しげな様子で言われてしまっては断るに断れず、おずおずとチャイナドレスという礼服を箱から取り出したマリーは、全体像を見て絶句した。なぜなら、銀縁や刺繍はとても見事であったが、とてもシンプルな――身体の線が浮き彫りになる形であったからだ。

しかもそれだけではない。スカート部は腰近くまでスリットが入っていて、三連の銀鎖で飾り付けており、中国の礼服とはいえセクシーすぎて。

「こんな細い服、私には入りませんっ」

「いいや、オレがしっかりこの手で身体を調べ尽くしたから、大丈夫だ。マリーにぴったり合うよう作られているよ」

まるでマリーの身体を表すかのように、両手を宙で波打たせるアレックスを、思わず睨《にら》んでしまったマリーであったが、文句を言う前にスティーヴに背中を押される。

「マリー様、とにかくまずはシャワーを浴びてください。その間に着用の用意をしておきます。髪と化粧は私が仕上げますからご心配なく」

「楽しみにしているよ、オレの《マイ》マリー《ラブ》」

そしてけっきょくアレックスの思惑《おもわく》どおりに事は進んでしまい、シャワーを浴び終えたマリーは、下着を一切着ける事なく、白いチャイナドレスを身に纏《まと》う羽目に陥った。

こんな細い服は入らないと思ったが、アレックスの予言どおりマリーの身体にぴったりと吸いつくよう出来ており、動く度に両脚の銀鎖がシャラリと音をたてる。

袖がない服を着るのも、肌がこんなに露出する服を着るのも初めての事で、いつも以上に鏡を見たくなく、濡れた髪のまま自室のリビングで待っているアレックスとスティーヴ、そして午後のお茶のセッティングをしていたクレールの前へ行くと、三人は呆然《ぼうぜん》とマリーを凝視《みつ》めていて――。

「……やっぱり別のドレスに着替えてきますっ」

「いや、待て。違う、あまりに似合いすぎていて褒め言葉すら出なかったんだ。許してくれ、オレのマリー」

寝室へ戻ろうとしたところを抱きしめる事で阻止《そし》され、顔中にキスの雨が降ってくる。

「想像以上だ。なんて素敵で美しいんだ、オレのマリー」

「……本当ですか？　本当に中国の女性はこのような服を礼服としているのですか？」

「もちろん」

アレックスは即答する。しかし取引先の中国人夫妻にスリットを深く入れてくれるようオーダーしていたのは、マリーの知る由もなく。

「いや、さすがの私も心を奪われかけたほどお美しい。ディーノには見せないほうがよろしいかと。運転手は私がします」

「うわー、うわー！　すっごく綺麗！　僕もマリーの事、自慢したくなっちゃったよ」

「そうだろうとも」

すっかり機嫌が良くなっているアレックスを前にすると、別の服がいいとは言い出せず、マリーはそれからスティーヴに化粧を施され、耳の両サイドに芙蓉の髪飾りを付けられ、大粒のダイヤモンドのイヤリングと、白金とダイヤモンドで出来たアームレットを嵌《は》められ、髪は艶《つや》のある漆黒を活かすようそのままストレートでいく事になった。

そして出かける前の腹ごしらえとして、クレールが作ってくれた午後のお茶をしたのだが、いつものように心から楽しめる筈もなく――。

「いってらっしゃーい！」

クレールに見送られる形でマリーはアレックスと共に車中の人となった。

しかし本革張りのシートに身を預けると、スリットが開きそうで落ち着かず、姿勢を正して座っていると、アレックスはマリーの腰を抱き、スリットに指を滑らせる。

「ア、アレックス!?」

非難の声をあげたが機嫌のいいアレックスには通じず、脚を撫でられる。

「マリーの肌がシルクと区別がつかないのが悪い。だが今夜は紳士でいる事を誓おう」

「……本当ですね?」

念を押すマリーに誓いを立てるようアレックスは指戯をやめ、マリーの瞳を覗き込む。

「取引先との商談も少しはあるしな。だがマリーを飽きさせるような事はしないよ。『真夏の夜の夢』のストーリーは?」

「本で読みました」

悪戯《いたずら》好きな妖精パックにより、花の汁で作った媚薬《びやく》を目に塗られた二組の男女と、妖精王たちのいろいろな問題が妖精パックの悪戯によりけっきょく解決するという物語で、読んでいてとてもハラハラしたけれど楽しかったのを覚えている。

「ならば予習はしなくて大丈夫だな」

「ええ、それよりも本当に私のような者が行っても大丈夫なのでしょうか?」

観劇は楽しみだが、落ち着いてみれば今度は人の目のほうが気になった。しかしアレックスは余裕のある笑みを浮かべる。

「大丈夫。今やロンドンには中国人街《チャイナタウン》まで出来つつあるほど、中国の進出はめざましいんだ。だから東洋人だからといってばかにされるような事は、もう表立ってはないんだよ」

「そうなのですか？」

マリーが知らない間に東洋人がロンドンにも増えつつあると知って、ほんの少しだけホッとしたが、表立ってないというだけで、陰ではやはり差別があるのだろう。それを思うと不安がいや増しブレスレットを触っていると、力強い腕がしっかりと抱きしめてくれる。

「マリー、おまえは貴婦人然として、なにを言われても微笑んでいればいい。もしばかにする奴がいたら、オレがただではおかない。堂々としてていいんだ」

「は、はい……」

返事はしたものの、引っ込み思案の自分が上手く立ち回れるか不安になったが、車はもう劇場へと向かっている。引き返す事は出来ないし、アレックスに恥をかかせる訳にはいかないのだ。マリー自身も外へ出たら強くあらねばならないのだと肝《きも》に銘じた。

「さぁ、お二人共、そろそろ着きます。正面にお停めしますので、段差には気をつけて」

スティーヴの声と共に車はゆっくりと停車し、誘われるようにして車外へいよいよ足を踏み出したマリーは、アレックスの腕に摑まって劇場への階段を上がる。

スリットが気になって足取りはゆっくりとしたものになってしまったが、アレックスは完璧なエスコートをして劇場へ滑るように入場すると、ざわめいていたロビーがふと時間が止まったかのように静まった。

銀の貴公子と黒の貴婦人——そのコントラストは見事すぎるほどで、二人が寄り添う姿は一幅の画のようにも見え、いやが応でも注目が集まる。

また名実共にあるアレックスの所有の証のように、上品な顔立ちのマリーが身体のラインも露わな銀糸の服を着ているところに含みがあるようで、貴婦人たちは逞しく美しいアレックスを熱い視線で凝視め、貴公子たちはマリーを余すところなく凝視めた。

しかしその視線にマリーが耐えきれなくなる前に、アレックスはロビーを颯爽《さっそう》と横切り、階段を上がった中央にある特等席の個室へ入室した。

その途端、マリーは足から震え上がってしまい、アレックスに抱きつく。

「こ、恐かったです……」

「いい子だ。デビューとしては上出来だったよ。見たか？　あの男たちの羨望《せんぼう》の目差しを」

しっかりと抱きしめたアレックスは男の自尊心を大いに満たされたようだが、マリーのほうはとてもではないが、周囲の様子を確かめる余裕などなかった。唯一救われたのは、誰からも醜《みにく》い東洋人は出て行け、と非難の声があがらなかった事くらいか。

「さぁ、ここにいればもう人の目はないから安心しておいで。取引相手のミスター・グァイと夫人の到着を待とう」

もうマリーとしては観劇を心から楽しむ余裕はなかったが、アレックスしかいない個室で休み、ブレスレットを触っている間に、少しばかり落ち着いてきた。

前方を見渡せば広い舞台の前に席がずらりと並び、そこへ人々が座っている。二階には同じような個室がせり出しているが、そこへ座っている人々は見えないよう配慮がなされている事から、きっとこの個室も見えなくなっているのだろう。

そう思うとホッと出来て、ドキドキしていた胸の鼓動《こどう》も収まってきた頃、件《くだん》のグァイ夫妻がやって来た。

「やぁ、ロード・ウッドフォード。元気でなによりだ」

「これはミスター・グァイ。お招きありがとうございます。レイ夫人もごきげんよう」

アレックスが握手をしている三十代半ばの中国人男性と、その横で艶然《えんぜん》と微笑んでいる濃紺のチャイナドレスを身に纏った女盛りのレイ夫人は、マリーと同じ張りのある黒髪で瞳の色は茶色だった。

「ロビーは君たちの噂でもちきりだったぞ。君が自慢していたオリエンタルビューティーを紹介してくれないかね？」

「もちろん。私の妻となるマリーです」

妻という言葉に些《いささ》か照れてしまったが、マリーがお辞儀をすると、夫妻は目を細めた。

「うむ。確かに同胞の血が流れているか、日本の血が流れているのか……どちらかわからないが、東洋人から見ても他にないくらい美しい娘さんだ。私の娘に欲しいくらいだよ」

「私の見立てたチャイナドレスもよく似合ってるてよ」

「は、はい。素敵なドレスをどうもありがとうございます」

微笑むレイ夫人の姿を見て、本当に中国の礼服だという事がわかりマリーはホッとした。

同じような容姿で同じ格好の人がいるだけで、心強い気持ちになれるから不思議だ。

そして簡単な挨拶が済んだ頃、開演を報《しら》せるベルが鳴り、マリーはアレックスに誘われるまま席へ座り、始まった舞台に次第に夢中になっていった。

やはり本で読むのとはまったく違っていて、情感のこもった俳優の演技にいつの間にか惹き込まれ、話は知っているのに次になにが起こるのか、わくわくして観る事が出来た。

そしてあっという間に前半が終わり、いいところで会場の灯りが点《つ》く。

「さぁ、休憩だ。マリー、夢中になってたけど楽しかったか?」

「はい、続きが気になります。これから妖精パックが塗った媚薬の効果がどうなるのか」

俳優の演技にすっかり魅了されたマリーは、まだまだ話したそうだったが、苦笑を浮かべたアレックスに背中を押される。

「話の続きは喉を潤しながらにしよう。ミスター・グァイ、招待してくれたからには取引は私の会社と決めてくださったのですね?」

「今日は仕事の話は抜きにして観劇を共に楽しもうじゃないか、ロード・ウッドフォード」

「そうはいきませんよ。今日こそシルクと白磁器の価格を決めようじゃないですか」

歩きながら商談を始めたアレックスにマリーは黙ってついて行き、個室客専用の休憩所でオレンジジュースをオーダーしてもらい、それをおとなしく飲みながらレイ夫人との会話を楽しんだ。

「殿方のお話は退屈だわ。こんな場所でも仕事の話ばかり」

「けれどお仕事を頑張ってくださるお陰で、私は充分に良くしてもらってます」

「あら、お熱いこと。マリーはすっかりウッドフォード伯爵の味方なのね」

チャイナドレスのオリエンタルビューティー二人が並ぶだけで注目が集まったが、話し上手なレイ夫人のお陰で入場した時よりもリラックス出来て、マリーは笑みを浮かべる。

一階より人が少ないにも拘わらず、その笑顔の虜《とりこ》になった紳士は数多く、皆が遠巻きにしながらもマリーを凝視めていた。

「失礼。レディースルームへ行くわ。マリーは大丈夫？」

「私もお供します」

マリーは商談が込み入ってきたアレックスに、レイ夫人とレディースルームで化粧直しをする許可をもらい、連れだって廊下を歩き始めたその時だった。

「マリー!?　マリーじゃないか！」

驚いた声で名前を呼ばれ、つい振り返ったマリーは、思わずその場で棒立ちになってしまった。なぜならマリーを呼んだ人物は――。

「……ロード・ジェフリー……」

「噂になってたのは君か！　いつ施設から出たんだ？　誰かの養子に？」

立て続けに質問責めにされて、マリーはどう答えていいのかわからず黙り込む。

少なからずアレックスと確執のあるジェフリーに、本当の事を伝えていいのか、それさえわからず、困ってしまっていたところをレイ夫人が割って入ってきた。

「わたくしの連れになにか御用？」

「あぁ、失礼。私はジェフリー・リンデンバーグ伯爵と申します。マリーは貴女の養子になったのでしょうか？」

「わたくしが答える必要はないわ、ロード・リンデンバーグ。ただ憶えておいて、マリーはもうすぐ恋《こ》われて人妻になるの。だからもうみだりに声はかけないで」

「……マリーが人妻に……？」

ジェフリーの表情には、ありありと困惑が浮かんでいた。しかしすぐに立ち直ったようで、レイ夫人が素っ気ない態度を取るのに合わせ、どこか挑戦的な目つきになる。それは施設で垣間見た、あの冷たい目つきと同じで――。

「行きましょう、マリー」

「は、はい……ごきげんよう、ロード・ジェフリー」

レイ夫人に呼ばれ、マリーはジェフリーの目は見ずに挨拶だけして横を通りすぎた。

その身体の線も露わな後ろ姿を、ジェフリーが食い入るよう凝視めているとは知らずに。

† † †

楽しかった観劇の余韻《よいん》も醒めやらないうちに、アレックスと劇の内容やグァイ夫妻についての会話をしながら、クレールが作ってくれた大好物ばかりをお腹いっぱい食べたマリーは、食後のお茶を楽しんでから、アレックスにより部屋に送り届けられた。

「今日は本当に楽しかったです。私に外の世界を見せてくれてどうもありがとう」

出かけても恐い事ばかりではなく、楽しい事のほうが多かったマリーが、感謝の言葉を口にすると、アレックスも優しく微笑んでくれる。

「そう言ってもらえると嬉しいよ。今度は是非、グァイ夫妻と食事をしよう」

「はい。私、レイ夫人ともっとお話がしたいです」

マリーは一緒にいるうちに、すっかりレイ夫人に憧れてしまったのだ。

東洋人という事に誇りを持ち、気品がありながら知性も兼ね備えていて、話し上手なレイ夫人のようになりたいと思うほどに。

「夫妻もマリーをずいぶんと気に入ったみたいだからな。それにしても……悪かったな、ジェフリーが現れた場にいてやれなくて」

そっと抱き寄せながら謝られて、マリーは広い胸の中で首を振る。

マリーが困っているのを見かねたレイ夫人が助けてくれた事を幕間《まくあい》に報告した時、アレックスはホッとしたように、レイ夫人にお礼を言っていた。

だからマリーがジェフリーと話さずにいて正解だったのだ、きっと。

「あれだけ盛大に噂になったからな。いずれジェフリーには知られる事になるだろう。その時になにを仕掛けてくるかと思うと、頭が痛いな」

「なにかを仕掛けてくる……?」

「あぁ、少なからずオレが相手と知れば、なにかしらの嫌がらせをしてくるだろう。それでもマリー、オレを信じてくれるか?」

いつになく弱気で訊いてくるアレックスを、マリーは強く抱きしめた。

「もちろんです。私の心はいつもアレックスと共にあります」

どんな嫌がらせをしてくるのかはまったくわからないが、常にマリーへ心を砕いてくれているアレックスを信じこそすれ、疑うような事は絶対にない。

「嬉しい事を」

抱きしめられたかと思えば、頤《おとがい》をそっと持ち上げられて、触れるだけのキスをされた。

間近にある深蒼色の瞳を凝視めれば、何度も何度も優しいキスをされ、マリーが目を閉じて受け容れていると、もっと深いキスを仕掛けられる。

「ん、ふ……」

舌を搦め捕られて吸われると、膝から頽《くずお》れてしまいそうなほどで、思わずアレックスの燕尾服《えんび》にしがみつけば、まだ物足りないとでも言うように腰をしっかりと抱きしめたアレックスは、まるで思いの丈を伝えるよう舌を絡《から》めてくる。

それに応えてマリーもおずおずと舌を擦り合わせると、二人の間でくちゅくちゅと淫らな音がたつ。音に煽られたようにお互いを確かめ合うキスをしているうちに、アレックスの手指が銀鎖を玩び、スリットの間から覗くマリーの脚を撫でる。

「んっ……ぁっ、今日は紳士でいると仰った筈です……」

キスを振り解いて軽く睨みつけるが、アレックスは指戯《しぎ》をやめずに苦笑を浮かべる。

「実は先ほど妖精に媚薬を目に塗られたばかりなんだ。そして今、目を開いた先にマリーがいたんだよ。最初に見た相手を好きになってしまう媚薬だから、もう止められない……」

「それは物語のお話で……あ、だめ……」

劇中の話になぞらえながら、腰を抱いていた手がマリーの柔らかな尻を、まるで円を描くように撫でる。

「んっ……ぁっ……」

シルクの滑らかさも手伝って、触れられた箇所から甘く淫らな痺れが湧き上がり、マリーはぞくぞくと感じながらもアレックスを睨む。

「……アレックスの嘘つき……」

「歩く度に揺れるこのヒップラインが堪らなくて、触りたいのをずっと我慢してたんだ。もうおあずけは解いてくれるね？　オレの《マイ》マリー《ラブ》」

「い、いや……そんな……あ、あぁっ……」

スリットから潜り込んだ手が直接柔らかな尻を揉み込むように触れた途端、マリーは立っていられなくなり、アレックスに縋った。

「あ、ぁっ……悪戯《いたずら》しないで……」

大きな手はマリーの尻を片手で覆ってしまうほどで、時折指先が秘裂《ひれつ》を割る度、マリーはまるで猫のように背を仰け反らせて伸び上がってしまう。

触れられまいと脚にきゅっと力を込めるが、悪戯な指先はマリーの努力など気にもせず潜り込み、蜜口を探るように蠢く。

「あ、あぁん……そ、そこはだめぇ……！」

「あぁ、わかっているよ。もうヌルヌルに濡れているのが恥ずかしいんだね」

「いや……言わないで……あ、あぁっ……アレックス、アレックス……」

二本の指が秘裂を押し開き、長い中指が蜜口をなぞるよう撫でる感触に、マリーがびくん、と思いきり背を仰け反らせた時だった。首からストイックなまでに飾り紐《ひも》で留められていた胸の釦が弾けるように外れ、前身ごろの胸当てが捲れてしまい、マリーの豊満な胸がぽろりと弾み出てしまった。

「まったく、マリーは……どこまでオレを煽るつもり？　そんなに触ってほしかった？」

「いやぁ……ちが、違うの……」

黒髪を振りたてて違うと否定するが、アレックスは取り合わず、クスクス笑いながら、外気に触れて尖った乳首にくちづける。

「違わない。すっかり欲張りになって……エッチなマリーは、ヌルヌルの穴を弄られながらいやらしい乳首を吸われるのが大好きなんだよね？」

「いやぁあん……！」

言葉でも嬲《なぶ》られ、アレックスに弄られている箇所から甘い疼《うず》きが広がり、マリーはいやいやと首を振りながらも、アレックスに身体を差し出してしまう。あまりにも感じすぎて、もう縋っているのも限界なのだ。

しかしそうなるとアレックスに弄られ放題で、上からも下からもくちゅくちゅと粘ついた音がたつほどの愛撫を受けてしまい――。

「あぁあん、あぁっ……そんなにいっぱいだめぇ……！」

凝った乳首に軽く歯を立てながら同じリズムで蜜口を撫でられると、それだけで達してしまいそうなほど感じて、マリーの背が仰け反る。

アレックスの手や口唇をあっさりと受け容れてしまうチャイナドレスは、一度乱れてしまうと、なんて淫らな衣装に成り代わってしまうのだろう。

アレックスの手が動く度に、銀鎖がシャラリシャラリと音をたてるのを聞きながら、乱れに乱れたチャイナドレス姿の自分を思うと、身体が桜色に染まってしまった。

「たくさん感じていい子だ。糸がたれるほど濡れてきた……だがまだ足りないだろう？　どうすればいいのか、いい子のマリーは知ってるね？」

髪にキスされたかと思うと、アレックスはマリーをソファに座らせ、脚にキスをしながら靴を脱がせてつま先にもキスをする。

くすぐったいのも今のマリーには快感に繋がり、まるで催眠術《さいみんじゅつ》にかかったかのようにアレックスの望むとおり、ソファに足を乗せてスカートを横に捲り上げると、脚を大きく開いて濡れに濡れた秘所を見せつけた。

「んっ……いっぱい濡れて……あン、溢れてきちゃう……」

自らの指で秘所を押し広げたマリーは、拙いながらも昂奮に尖った秘玉を剝き出しにすると、ころころと撫で上げ、淫唇に溢れた愛液を塗り込めながら、手指から零《こぼ》れんばかりの胸を揉み込み、乳首をクリクリと擦り上げる淫らな指戯に耽る。

「あ、あぁ……あ、あ、ん……あ、あぁあ……ン！　んんっ……ぁっ、あぁ！　あぁッ！」

「素敵だよ……自慰《じい》も上手くなったね……」

目と鼻の先で淫らな遊戯《ゆうぎ》に耽るマリーを余すところなく凝視め、アレックスは情欲に掠《かす》れた声で褒めては、脚にキスをする。

後から知った事だが、マリーがなにも知らないのをいい事に、アレックスは自らを誘う手段だと言って、自慰を教え込んだのだ。しかし覚えのいいマリーはアレックスに凝視められながらの自慰を請《こ》われると、拒めずに行ってしまうのだ。

今も自らが最も感じてしまう触り方を教えているとは知らず、指戯に耽っている。その様はマリーが無垢なだけ、とても淫靡であった。

左胸の乳首を指先が掠めるよう速く上下に転がすのが大好きで、秘所は淫唇を上下にそっと撫でながら、秘玉は捏ねるように弄られるのが大好きで。時折、自らの指を蜜口に挿《い》入《れ》るような素振りを見せるが、自らの中に指を挿入るのは抵抗があるようで、本当は中をくちゅくちゅと擦り上げたいのを我慢しているのだ。

「あぁん、アレックス……早く……早くしないと達っちゃう……」

「いいよ、このまま一度達ってごらん……そうしたらこれを挿入てあげよう」

「あぁ……」

昂奮に昂ぶる自らを取り出したアレックスの灼熱を見て、秘所がひくりと収縮する。

早くしゃぶりたいとばかりに蜜口がひくひくするのを見て、さらにかさを増したアレックスは、一刻も早くマリーの中へ入りたそうだったが、マリーは自慰に耽る姿を見せつけた。するとアレックスは白い脚を思いきり開いてマリーの秘所に顔を寄せ、甘く誘うような淫らな香りを堪能する。

「ほら、手がお留守になってるよ。もっともっと気持ち良くなってオレを迎え入れる準備をしないと……」

「んんんっ……ぁっ……あぁん、あ……あ、また溢れてきちゃ……」

アレックスに間近で見られていると思うだけで、恥ずかしいのに気持ち良くなってしまい、マリーはぬるついた指の動きを速くする。

乳首を弄りながらくちゅ、くちゅりと粘ついた音をたて、秘玉を捏ねる度に腰がびくびくと痙攣してしまって――。

「ぁっ、あぁん、あぁっ！　達、く……イッ……っ……あ、あぁぁぁぁんっ！」

まるで泣き出す寸前の幼い子どものような声をあげ、マリーはアレックスに凝視められながら自慰で達してしまった。それでも達した余韻に浸るよう秘玉を撫で続け、撫でる度にひくん、ひくん、と腰を跳ね上げる。

ぽってりと膨らんだ淫唇の奥では、蜜口がアレックスを締めつけたいとでも言うように媚肉を中へ巻き込むようにせつなく開閉しては、愛液を溢れさせ――。

「……マリー……」

「ぁっ……ん……ふ……達っちゃったぁ……自慰で達っちゃったの……」

大きな胸を激しく上下させ、マリーは自らの秘所をくちゃくちゃと掻き混ぜる。

無意識に快感を拾っている仕種だが、あまりにも淫らであった。

自慰で達ったのは初めての事で、また知らないマリーの淫らな秘密を暴いたアレックスは、マリーの痴態《ちたい》を見ているだけで自らの先端を潤わせる。

「素敵だったよ、オレのマリー……自慰で達っちゃうマリーは最高だ」

「ぁん……」

赤く熟れた頬や口唇にキスを浴びせてマリーを労ると、アレックスは大胆に開いているマリーの膝裏に手を差し込み、腰を浮かせる。

「あ……待って……まだだめぇ……」

「本当に？　マリーのエッチなお口は早くって言ってるよ？」

熱い蜜壺《みつつぼ》と化したマリーに灼熱をあてがうと、先端から溶けてしまいそうなほどで、軽く力を込めただけで蜜口はアレックスの先端をしゃぶり、ずぶりと一気に挿入られるほど蕩けていた。

それでも焦らすようくちゅくちゅと入り口の辺りを出入りしていると、マリーの中がせつなく蠢動《しゅんどう》し始める。

「あぁっ……アレックス……アレックス、早く……」

「早く……なに？　待ってって言ったのは、マリーだろ？」

「いやぁん……お願い、焦らさないで……早く、早く……」

甘いバリトンで囁かれると、マリーはぞくぞくと震えながらも堪らないとでも言うように、アレックスの首にしがみつく。それを待ってアレックスは一気に突き挿入た。

「あぁああ……！」

あられもない悲鳴をあげたマリーは、アレックスの灼熱が最奥まで届くと、せつなげに身体を絞って仰け反る。軽く達きかけて、一瞬無我の世界へ飛んでしまったが、アレックスが腰を揺すり上げると、ふと意識を取り戻し、必死になってしがみつく。

「あぁん、あっあぁっ、あ、あん……」

アレックスが子宮口を突く度に、どうしようもなく気持ち良くなってしまい、声が自然と洩れ出た。待っていた熱い塊を締めつけると、張り出した先端が媚壁を擦り上げてはマリーの中を出入りするのが堪らなく悦くて――。

「あんっ、あ、あっ……すご……すごいのぉ……」

「マリーの中もすごいよ……ッ……オレをせつなく締めつけて……」

「あ、あぁん、あん、あっ、あぁっ……」

ちゃぷちゃぷと音がたつほど激しい出入りをされると、胸がいっぱいになって、せつないくらいに感じてしまう。胸も上下に躍り、仕立てのいい燕尾服に乳首が擦れて、それも快感に繋がった。

「マリー……マリー……っ……そんなに締めたらすぐに終わっちゃうよ……」

「いやぁ、あぁん……まだ達っちゃだめぇ……」

苦笑しながらもアレックスが中で跳ねるのにも感じて、マリーはまるで子どものようにいやいやと首を振る。

一度達《い》ってしまった身体は、貪欲《どんよく》にアレックスを欲してしまう。

あんなに初心であったマリーだが、毎日のようにアレックスに愛されるお陰で、すっかり女の歓《よろこ》びを知ってしまったのだ。挿入られて中を擦られながら奥をつつかれる快感を知り、もっともっとアレックスで満たしてほしくなる。

「アレックス……アレックス、もっと……もっとしてぇ……」

「可愛すぎるよ、オレのマリー……オレがもっと欲しい？」

言葉もなく頷けば、アレックスは応えるようにマリーの身体が上下するほど激しく出入りする。それがとても気持ち良くて、マリーはアレックスの腰に脚を巻きつけ、深く深くアレックスを迎え入れる。

「……ッ……マリー……は、すごいよ……」

それがアレックスにも気持ちいいようだった。息を凝らしたアレックスはマリーの中でずくりと大きくなる。そしてひと呼吸おいてから、また腰を使って捏《こ》ねるような抽挿を繰り出し始めた。

「あぁあん……あん、やん……」

入ってくる時は思いきり広げられ、出ていく時は媚肉を擦られ、そのどちらもが気持ち良くて、マリーはどうしようもない快感に黒髪を振り乱して首を振る。それに奥をつつかれる度に魂が抜け出てしまいそうで、頭の中が真っ白になった。

行き来するアレックスの存在だけがすべてとなり、しっかりと抱きしめてくれる腕の確かさに胸がいっぱいになるほどで――。

「あぁん、あん……アレックス……アレックス、もっとギュッてして……」

「あぁ……オレのマリー……っ……」

隙間がないくらいぴったりと抱きしめ合い、同じリズムで身体を波打たせると、繋がった箇所から蕩けてしまいそうな快感が溢れ出すようだった。

身体を揺すり上げられながら、髪や頬にくちづけられると、愛されている事を実感出来て、それがまた身体中を甘く痺れさせる。アレックスを迎え入れている箇所もひくひくと反応してしまい、誘い込むように蠢《うごめ》く。

「……ッ……マリー……」

アレックスは奥歯を噛み締めながら呻《うな》るような声をあげ、淫らに収縮するマリーの中を激しく行き来している。

既にマリーを翻弄《ほんろう》する余裕はなくなっているようで、マリーと共に天国の扉を叩く為の動きになる。

「あぁあ……あン、すご……すごいのぉ……」

硬さを増したアレックスに抉《えぐ》られるように抜き挿しされ、女の歓びを知ったとはいえ、まだまだ未熟なマリーの身体は火が点ったように熱くなってきた。

間近でアレックスの色っぽい息遣いを感じながら、奥をつつかれると、どうしようもなく感じてしまって背が仰け反る。

そんなマリーの腰を抱え直したアレックスは、息を弾ませながらもマリーを快感の高みへ共に連れていくよう速さを増して腰を使った。

「あ、あぁん……あン、やんっ……達っちゃう……また達っちゃう……」

奥を抉られる度に熱い波が押し寄せてきて、マリーの中がひくん、ひくん、と限界を訴えるように収縮し始めた。

「いいよ、マリー……一緒に達こう……」

「アレックス……あぁん、あ……私のアレックス……」

腰に巻きつけた脚に力が入り、もっと深くにアレックスをしゃぶるようマリーの腰が淫らに躍る。それに合わせアレックスも突き上げを速くすると、マリーの中は熱く吸いつく仕種を始めて——。

「あ、ぁっ……や、あ……い、達くぅ……！」

びくびくっと震えたマリーとは裏腹に、内壁はアレックスを吸い尽くすよう何度も何度も強く奥へと誘う。

「……ッ……マリー……く……」

吸いつき蠢くマリーの動きに、アレックスも終焉《しゅうえん》を迎え、何度か深くマリーを穿《うが》つ。

そしてすべてを出し尽くし、快感の余韻《よいん》に浸りながらも、マリーの頬や髪にキスをして愛情を伝えてくれる。

それが嬉しくて、達った余韻が過ぎ去ると、愛されている歓びに浸り、アレックスを強く強く抱きしめて幸せを思いきり感じていたのだが。

「ぁっ……」

一度放ってもまだ衰えを知らないアレックスにずくん、と突かれ、思わず声を洩らしてしまった。困惑の表情を浮かべて見上げれば、アレックスは色っぽく目を眇めていて――。

「さぁ、今度はしっかり肌を合わせて愛し合おう。乱れた着衣もいいが、やはり裸で愛し合うのが一番だからな」

「ま、待って……待ってください……少し休ませて……」

「うん？　だったら休んでおいで」

燕尾服を脱ぎつつも腰を使うアレックスに、マリーが一人休める筈もなく。

「やぁあん……！」

マリーが悲鳴じみた声をあげてもアレックスは衰えず、むしろ煽られたように突き進む。

そうして恋人たちの夜は長く熱く――いつまでも終わりなく更けていった。

第四章　白薔薇浮かぶバスルームで

月が変わるのを境に、仕事を大量に押しつけられていたディーノがとうとう痺《しび》れを切らし、アレックスは仕事の為に外出するようになった。

たまに商談の為に夜遅くまで帰らない日もあるが、ほぼ十八時前後には帰ってきてくれるので、マリーはそれまでの間、刺繍《ししゅう》をしたり淑女《しゅくじょ》の嗜《たしな》みの勉強をしたり、それにレイ夫人と頻繁《ひんぱん》にお茶をするようになったりして、お互いの家を行き来するような間柄になり、毎日楽しくアレックスの帰りを待つ日々をおくっていた。

アレックスに昼夜関係なく構われていた蜜月はそれはもう楽しかったが、仕事の為なら出かけるのも仕方ない。それにレイ夫人という年の離れた友人が出来て、マリーはいろいろと成長したのだ。

お陰で帰ってくるアレックスを出迎える瞬間が、嬉しいと思えるようになった。

仕事を終えたアレックスの疲れが癒《い》えるよう笑顔で出迎えると、アレックスも嬉しそうにマリーへキスをしてくれる。ほんの数時間、会えない時を過ごすだけで、再会した時の喜びは大きく、アレックスへの愛が増すようでもあり。

お陰でクレールにはまた綺麗になったとからかわれてしまうが、実際のところマリーはアレックスに有り余るほど愛され、レイ夫人に倣《なら》う事により、気品のある身のこなしや様々な知性が身に付き、着実に綺麗になっていた。

もちろん本人にその自覚はなかったが、淑女として充分に社交界で通用するまでになっている。しかし見た目から来る引っ込み思案故の人づきあいの悪さで、友人と呼べるのはレイ夫人のみで、知識や教養を身に付けても、それを披露する相手が少ないのだ。

だがもともと一人でいる事を好んでいたマリーにとっては、同性の友人が少ない事も特に苦にならず、日々は穏やかにすぎているようであったが――。

（けっきょく、いつアレックスが見初めてくれたのかわからないままなのよね……）

いったいいつからマリーを花嫁として迎え入れようと思ってくれたのだろう？

それを知る事が出来たなら、今以上にアレックスを愛せるような気がするのだ。

だから知りたいという欲求は常にあり、折に触れる度アレックスへ訊いてみるのだが、やはりアレックスは教えないと意地悪ばかり言い、教えてくれないのだ。

以前思いついた、新聞記事の写真を見たからとか、ジェフリーと友人だからとかいう推理は悉《ことごと》く外れたばかりか、アレックスとジェフリーの確執を知ってしまい、ミスターJが何者かもわからなくなり、なんだか余計にもやもやしてしまった感がある。

日頃のアレックスは極上の愛を注いでくれるお陰で、つい問題を後まわしにしてしまうが、この屋敷へ来てそろそろ三ヶ月は経つのだ。いい加減に教えてくれてもいいと思う。せめてウェディングドレスを着る前に、アレックスから見初めてくれたエピソードを聞きたいと思うのは、我が儘《まま》だろうか?

「はぁ……」

ついため息が口をついて、考え事をしているうちに冷めたお茶へ口をつけた時だった。マリーがいる主食堂《メインダイニング》にバタバタと賑《にぎ》やかな足音が近づいてきた。

「あ、マリー。ただいま！　お茶してたんだ?」

「おかえりなさい、クレール。すごい郵便物ね」

珍しくお使いに出ていたクレールが帰ってきたのだが、マリーがびっくりしてしまうほどたくさんの郵便物を手にしていた。

「あぁ、これ?　いちおう全部アレックス宛のパーティーの招待状だけどさ、ほとんどみんな、マリー見たさの招待状だよ」

「え、私見たさの……?」

マリーは警戒《けいかい》に眉根を寄せる。マリー見たさという事は、東洋人との混血見たさ、と聞こえてしまったのだ。

「そんな変な顔しないの。ほら、先月に観劇に行っただろ？」

その時にマリーを見て、是非とも我が屋敷のパーティーに出席してもらい、マリーとあれこれ話がしたいというお誘いだとクレールは言う。

「ともかくみんな、マリーとお近づきになりたいんだよ」

「私が珍しいから？」

「もう、わかってないなぁ。だからマリーがきれ――いったぁっ！」

バシッという派手な音と共に、クレールはスティーヴに頭を叩かれて、大袈裟《おおげさ》に痛がる振りをしている。しかし叩いたスティーヴは涼しい顔で澄ましていて。

「マリー様、失礼致しました。クレールの話はどうぞお気にせず」

にっこりと笑みを浮かべたスティーヴは、クレールから山のような招待状を受け取っているが、かなりのところまで聞いてしまったマリーとしては、やはり気になってしまう。

「そう言われても気になります。私を見たいというのは、どういう事なのでしょう？」

珍しい容姿がそれほど社交界の人々にとって、退屈しのぎになるのだろうか？

話の種にされて、噂《うわさ》の的になったらアレックスに迷惑がかかってしまうのでは、と心が騒いだのだが、心配するマリーにスティーヴは優しく微笑む。

「このおしゃべりのせいで不安にさせて申し訳ございません。退屈しきっている社交界の人々は、皆マリー様のお美しい姿を観劇の際に見かけて、パーティーをする名目でお話がしたいのです。あわよくば友人となり、親交を深めたいと思われているのですよ」

「……つまり、私とお友だちになりたいと？」

「さようでございます。ですがマリー様とご友人関係を持つ事で、アレックスの事業に一枚乗りたいという、政略的な計算を含むお誘いもございますので、一概に友人関係を持つというのも、考え物なのです」

その為にもこの大量の招待状はアレックスがすべて目を通し、たぶんすべての招待状に対して、欠席の返事を書くのだそうだ。

「お仕事もあるのに、そんな作業もこなさないといけないなんて……」

「社交界の誘いをどうするか見極めるのも貴族の仕事ですから、アレックスは特に苦にしておりませんよ」

スティーヴは事もなげに言ってくるが、先月までアレックスと共に過ごしていたマリーは、なんとなく納得がいかなかった。

というのも、観劇に出かけたのは先月の上旬だ。マリー見たさの口実としてパーティーの誘いがあるというのなら、先月も同じように招待状が届いていてもおかしくないのに、アレックス宛にこれほど多くの招待状が届いていた様子はなかった。なのにここへ来ていきなり招待状が大量に、それも同じ時期に届く事なんてあるだろうか？

それに社交界は繋がりがある筈だ。皆が同じようにマリーを見たいというのなら、誰かが代表でパーティーを主催すればいいものを、皆がパーティーをする旨を伝えてくるなんて、そんな偶然があるだろうか？

――いや、そんな偶然がある訳がない。

もともと庶民の出であるアレックスは、社交界にはあまり興味がなく、パーティーへ出席するといっても旧《ふる》くからの友人の誘いか、仕事絡《がら》みのものにしか出席していない。

それもマリーを同伴せずに一人で行っていた。それはまだマリーが淑女として勉強中であった事もあり、マリーが人前に出るのを恐れていたからであるが、ここへ来てマリー見たさの招待状が来るとすれば、それは――。

「……まさか、ジェフリー様の差し金……？」

考えられる事はそれくらいしかなかった。

アレックスはジェフリーが、なにかしらの嫌がらせをしてくると言っていた。

同時期に同じ誘いの招待状が来るのは、その嫌がらせの一環ではないのだろうか？

由緒正しい貴族であるジェフリーが、マリーの事をあちこちの社交の場で話し、興味を持たせたか権力を振りかざし、マリーをどうにかして社交の場へ引っぱり出そうと考えているのではないだろうか？

同時期に招待状が大量に送りつけられたアレックスは、それに対して一通ずつ断りの返事を出さなければいけないという余計な仕事をする事も、嫌がらせに近いものがある。

「マリー様はなにも心配する事はございませんよ」

「やはりそうなのですね？　スティーヴさん、はぐらかさないで」

違うとは否定しなかったスティーヴに、マリーは食い下がった。自分の事で愛するアレックスが頭を痛めるなんて、そんな事を放ってはおけない。

真剣な顔で凝視《みつ》めるマリーの心が通じたのか、それまで表情を崩《くず》さずにいたスティーヴであったが、長いため息をつき、少々困ったように頷く。

「……お察しのとおりです。招待状を送ってきている貴族は皆、ジェフリーの息がかかった貴族がほとんどです」

「やっぱり……」

「ですが、中には仕事上のつき合いもある貴族からの招待状もございますので、一概に断るのもなかなか難しいのが現状ですね」

という事は、やはりアレックスにも断りきれない招待も含まれているという事だ。

それは頭が痛い事態どころではないだろう。断る事で仕事が円滑に進まなければ、今後の関係に罅《ひび》が入り、ゆくゆくは仕事に影響があるという事。

だったら、だとしたらアレックスの為に、マリーに出来る事はひとつだ。

「……私、パーティーに出席します。アレックスのパートナーとして出席します」

自分が見せ物になってもいい。それがたとえジェフリーの思惑どおりだとしてもいい。マリーが出席する事で、アレックスの仕事が円滑《えんかつ》に進むなら、人に会うのが恐いなどと言って隠れてばかりいてはだめなのだ。いつまでもアレックスに守られたままだなんて、そんなの本当のパートナーとは言えないと思うのだ。

「マリー様、お待ちください。意気込みは買いますが、アレックスに相談してからです」

「もちろんわかってます。ただ、私に出席する意思がある事だけは確かです。今日アレックスが帰ってきたら話します」

きっぱりと言い切るマリーに揺らぎはない。そこにはいつもの引っ込み思案なマリーの姿は見られなかった。

その様子を見て、スティーヴは横で小さくなっているクレールを睨んだが、マリーの意思が堅いとわかると、おとなしく引き下がる。

「マリー様がそのような立派なお考えでしたら、私もアレックスに進言致します」

「ええ、よろしくね」

恭しく頭を下げたスティーヴに、マリーはにっこりと微笑んだ。

正直に言えば、まだ人々の目に曝《さら》されるのは恐い。

だがこの屋敷中の人に淑女としての嗜みは教わったし、レイ夫人とレイ夫人の気心が知れた友人たちとのやり取りで、少しは社交も学んだ。

だからきっと大丈夫。どんな目で見られようが上手く乗り切れる筈。

自分にそう言い聞かせたマリーはブレスレットに触れ、確固たる決意を漲《みなぎ》らせた。

かくしてマリーは、いつものように仕事から帰ってきたアレックスを出迎え、夕食の後のお茶の席で、パーティーに出席する旨をアレックスに伝えたのだが――。

「マリー、無理をしちゃいけない。欠席しようが仕事はどうとでもなるのだから」

「無理などしていません。それにレイ夫人のご友人に会わせて戴き、社交も学びました。今の私ならパーティーに出席してもアレックスの恥にはなりません」

「いや、最初から恥になどならないが……」

「でしたらなにも問題はないと思います」

アレックスが帰ってくるまでに理論武装していたマリーに、アレックスは些か困ったような表情を浮かべ、決意漲るマリーを抱き寄せ黒髪にキスをする。

「しかしジェフリーの思う壺になるのも癪《しゃく》ではあるんだ」

「……それはそうなのですが、このままでは私が社交界にデビューするまで、いつまでも断りの返事を書き続ける事になると思います」

それはそれでたいそうな嫌がらせで、煩わしい事このうえない。断りの返事を書く為に、二人の時間が減るのは大問題だ。

「しかしよく考えて動こう。あいつが二度と嫌がらせが出来ないようにするには、いったいどうしたらいいか」

「そうですね」

頷いてはみたものの、ジェフリーが嫌がらせをしてこなくする為には、いったいどうしたらいいのかさっぱり思いつかずにいると、傍で控えていたスティーヴが一歩進み出た。

「僭越《せんえつ》ながら、私のプランを披露しても？」

「あぁ、なんだ？」

「招待はすべて断る代わりに、ウッドフォード家でマリー様をお披露目し、婚約パーティーを開くというのはどうでしょう？」

そしてジェフリーに共通の知り合いという事で、婚約をする二人の為の祝辞を招待客の前で述べてもらう、とスティーヴは続けた。

「なるほどな。大勢の前でオレたちを祝福したら、その手前、嫌がらせは出来なくなるという訳か。さすがスティーヴ、厭味《いやみ》では負けないな」

「褒め言葉と取っておきます。私もジェフリーとは少なからず因縁《いんねん》がありますので」

学生時代ジェフリーに散々な目に遭っていた二人は、いいプランを思いついたとばかりに、楽しげに笑い合う。

確かに表立って嫌がらせをしている訳ではないジェフリーには、効果的な方法のように思えるが――。

「上手くいくでしょうか?」

「あぁ、奴のプライドの高さはバビロンの塔より高いからな。祝福する手前、その後はオレたちに対しての厭味を、他の貴族に匂わす事も出来なくなるぞ」

アレックスはその時の事を思い浮かべて楽しげに笑う。ジェフリーを啞然とさせるプランにすっかり乗り気だ。

「そうと決まれば早速手配を致しましょう。マリー様もやる気の今、ウッドフォード伯爵家の名にかけて、大々的なお披露目と婚約パーティーを執り行いますよ」

スティーヴはひと仕事出来たとばかりに、にっこりと微笑む。それに対してアレックスも笑みで応え、マリーはというと、すっかりやる気の二人に追いつくのがやっとだ。

しかしジェフリーをよく知っている二人が思いついたプランなら、きっと上手くいくだろうと信じ、賛同したのだが——。

「さぁ、明日から忙しくなりますよ。まずはマリー様を最高に仕立て上げなくては。誰もが驚くようなドレスで着飾り、最高のデビューに致しましょう」

「楽しみにしているよ、オレのマリー」

「は、はぃ……」

最初は意気込んでいたのもどこへやら、すっかりやる気の二人に押され気味で、やはり弱気になってしまうマリーであった。

† † †

スティーヴの宣言どおり、翌日からウッドフォード家はマリーの社交界デビューとアレックスとの婚約パーティーに向けて、にわかに活気づき始めた。

皆が集まる朝食の席で、アレックスが三百人規模のパーティーの開催を伝えると、シェフのクレールは張り切り、友人のシェフを二人雇いたい旨を申し出、料理を供《だ》すのもそこそこに、さっそく市場へ食材を買い占める予約をしに出かけていった。

ディーノは仕事で懇意《こんい》にしている人々をピックアップする事になり、ついでに自分も楽しむ為、気になる女性たちを招待する腹づもりになっている。

そしてスティーヴは日雇いの人員を派遣会社へ通達し、午後のお茶の席に洋装店と宝飾店の店員を呼び寄せ、最新のデザインでありながら、マリーにぴったり合う最高のドレスと宝石をオーダーする事に真剣に取り組んでいるのだが——。

「やはりマリー様のイメージですと、清純な白がよろしいかと」

「あら、だめよ。白はだめ。白いドレスは安売りしないでウェディングまで大事に取っておいたほうがいいわ。かといってピンクも子どもっぽくてだめよ」

「レイ夫人、ではけっきょく、どのお色がマリー様に合うのでしょう？」

ちょうど午後のお茶の席に招いていたレイ夫人も加わり、貴婦人としての貴重な意見を楽しげに発言するので、さすがのスティーヴもたじたじになっている。

「そうね。マリーはどんな色でも着こなせる魅力を持っているけれど、今回は瞳の色に合わせた薄蒼色《アイスブルー》のドレスはどうかしら？　宝石は白金《プラチナ》を台座にしたブルーダイヤがいいわ」

薄蒼色を基調としたドレスは乳白色をアクセントとし、蒼色の花を胸許やスカート部に散らすのがいいとレイ夫人が言うのに合わせ、洋装店の店員が最新のデザインでありながら、上品なデザインを起こした。そしてそれに併せ宝飾店の店員も加わり、大粒のブルーダイヤを中心に、首の細いマリーに合わせ、繊細な白金と小粒のホワイトダイヤモンドの台座で飾るデザインを描くと、レイ夫人にようやく笑顔が浮かぶ。

「素敵。素敵だわ。これならマリーが最高に輝く筈よ」

レイ夫人を納得させるまで、店員はゆうに十数パターンものデザイン画を描き、時間にして四時間はかかったであろうか。

それでもようやくデザインが決まり、一同はホッと胸を撫《な》で下ろす。

「ねぇ、マリー？　素敵だと思わなくて？」

「はい、私をよくご存知なレイ夫人の見立てですもの。とても素敵です。けれどブルーダイヤなんて高価すぎませんか？」

ブルーダイヤはカラーダイヤモンドの中でもレッドダイヤに次ぎ、とても高価なダイヤモンドだ。そんな代物《しろもの》では着けるマリーが負ける気がするのだが、レイ夫人は譲らない。

「一生に一度の社交デビューですもの。アレックスに恥をかかせる訳にはいかないわ。ブルーダイヤを贈る甲斐性がないと思われたら、そちらのほうが失礼よ」

「そのとおりでございます。さすがはレイ夫人、よくわかっておいでです。では、ルースはマリー様の瞳に合わせた物を、大急ぎで用意してください」

洋装店と宝飾店の店員たちはようやく決まったデザインに胸を撫で下ろしながらも、大慌てで店へと戻っていき、マリーもデザインが決まった事にホッとした。

「どうもありがとうございます、レイ夫人。私に最高のドレスを選んでくださって」

「本当に。レイ夫人のアドバイスがなければ、きっと無難な物になっていた筈です」

スティーヴと共にお礼を言うと、レイ夫人はお茶で喉を潤してから、ゆったりと微笑む。

「わたくしのほうこそ楽しかったわ。わたくしはどうしてもチャイナドレスが固定イメージになっているでしょう？　だからドレス選びが出来たうえにマリーを飾れて嬉しいわ」

まるで自分の事のように喜んでくれるレイ夫人に、マリーはにっこりと微笑んだ。

以前のマリーなら高価なドレスや宝石が決まったこの時点で震え上がっていただろうが、愛するアレックスの名誉の為だと思えば、気丈に振る舞えるから不思議だ。

「レイ夫人、当日はくれぐれもマリー様をよろしくお願い致します」

「もちろん。さぁ、とても素敵なドレスも決まった事だし、長居をしてしまったわ。そろそろ失礼するわね」

「かしこまりました。お車を呼んで参りますので、少々お待ちください」

スティーヴは一礼すると、レイ夫人の運転手を呼びに退室した。それを見届けたレイ夫人は、マリーに向き直る。

「当日は大勢の人が屋敷を出入りするわ。大丈夫?」

「はい、覚悟しています。アレックスに恥をかかせないよう頑張ります」

「それを聞いて安心したわ。いい? 当日はくれぐれもアレックスやわたくしの目の届く場所にいるのよ。バルコニーや庭に一人で出てはだめ。自宅といえども当日はそういう場所に狼が潜んでいるの。意味はわかるわね?」

マリーは少しびっくりしながらも赤面して頷いた。つまりはパーティーではアレックス以外の紳士が、狼に豹変《ひょうへん》してしまう可能性もあるのだ。マリーのようにパーティーに慣れていない娘など、格好の餌食《えじき》になるとレイ夫人は言いたいのだ。

「決して一人になりません」

アレックス以外の男性など考えられず、マリーが別の意味でも気持ちを引き締めると、レイ夫人は優しく微笑み、それからスティーヴが呼んだ車で帰っていった。

「お疲れ様です、マリー様。ドレスが決まって良かったですね」

「ええ、スティーヴさんもどうもありがとう。他にもする事が山積みなのに」

　スティーヴは当日、パーティーを円滑に進行する為に陣頭指揮を執り、外部の人間を雇って一番働く事になるのだ。その準備が山積している事を思うと、ドレス選びにつき合わせたのは申し訳なく思ったのだが、スティーヴは優しく微笑む。

「私の事はご心配なく。三百人規模程度のパーティーを回せないようでは、ウッドフォード伯爵家の執事は名乗れませんよ。それよりも湯を張っておきました。夕食の前に湯浴《ゆあ》みをして疲れを癒《いや》してください」

　レイ夫人を見送りながらもマリーの事を気遣って、既にバスの用意を調えているスティーヴにびっくりしてしまったが、その手際の良さと気の遣い方なら、確かに三百人規模のパーティーも、完璧に乗り切れる事だろう。

「どうもありがとう。それじゃ、お言葉に甘えてお湯を使わせてもらいます」

「どうぞごゆっくり」

　笑顔で見送られ、マリーは自室のバスルームへ直行し、香りの良い白薔薇が浮かんだ湯に浸かり、ホッと息をつく。

　けっきょく今日は、当日の身支度を考えるだけで一日が終わってしまった。それだけですっかり疲れてしまったが、当日はもっと疲れるのは確実だ。用意の段階でくたくたになっている場合ではないのだ。

「うん、頑張らないと」

決意を込めるよう呟きながらも温かい湯に浸《つ》かり、すっかりリラックスして目を瞑って
いたマリーであったが――。

「おや、なんだ。オレの予定ではパーティーの準備だけで、もう泣いているマリーを慰《なぐさ》める予定だったのだがな」

「きゃあっ！　アレックス!?」

バスルームの扉がいきなり開いたかと思ったら、アレックスが堂々とマリーの入浴シーンを覗き見ていた。いや、覗くというより堂々と見物していると言ったところか。

「お、おかえりなさい、アレックス。出迎えもしないでごめんなさい」

「いや、構わない」

裸のマリーは浴槽で身体を丸めながら謝罪したが、アレックスは気にした様子もなく浴槽に腰掛け、白薔薇で辛うじて隠れている肌を覗くので、それにはマリーのほうが構ってしまった。いくら肌を重ねている愛おしい相手とはいえ、入浴する無防備な姿を見られるのは恥ずかしいのだ。

「すぐに出ますから外で待っていてください……」

「入ったばかりなんだろう？　まだ一緒に入浴した事はなかったな。誘ってはくれないのか？　オレの愛《マイ》しい《ラブ》マリー」

「い、一緒に入浴を？」

蜜月であった先月でさえ、足腰立たないマリーを浴槽まで運んでくれた事はあるものの、一緒に入浴した事はなかった。

そもそも入浴とは一人でするものだとばかり思っていたのに、愛する者同士では一緒に入浴するなんて事があるのだろうか？

「浴槽は一人用です。二人で入ったらとてもリラックス出来ないと思います」

「その狭さがいい事を証明してあげよう」

「あ……」

なんとかして退室願おうと思ったが、アレックスはすっかり二人で入浴するつもりになっているようで、スーツをその場で脱ぎ捨ててしまい、彫刻像のような逞しく美しい身体を惜しげもなく曝す。

「さぁ、一緒にリラックスしよう」

「きゃあ！」

身体を抱き上げられたかと思うとアレックスはマリーを後ろ抱きにし、腰を下ろす。

マリーがゆったり浸かれるよう、なみなみと張ってあった湯と白薔薇は、二人が入った事により浴槽から溢れ出てしまった。しかしアレックスはまったく気にせず、マリーを抱き寄せる。

「そんなに身体を硬くしてはリラックス出来ないだろう。オレに身体を預けてごらん」

「は、はい……」

おずおずと広い胸に背中を預けると、アレックスはマリーの項にキスをして、腹に手を回し、心底リラックスしているようなため息をつき、時々マリーの肩に湯をかけてくれる。

最初は緊張したものの、アレックスが心から寛《くつろ》いでいるとわかると、マリーも身体を預け、二人はまるで重なったスプーンのように身体を密着させた。

「スティーヴに聞いたぞ。レイ夫人がメインになって最高のドレスと宝石を決めたと」

「はい、素敵なドレスになりそうです。楽しみにしていてください」

「それを励《はげ》みに当日まで頑張るか」

ため息交じりに言うアレックスの様子から、予定外の仕事で疲れているのがわかった。ただでさえ忙しい身の上でパーティーを主催する事になり、マリーには想像もつかないほどの仕事量になっているのだろう。

「お疲れ様ですとしか言えなくてごめんなさい」

「なにもマリーが謝る事はない」

「ですが、私ではアレックスの助けにならないのが歯痒《はがゆ》いです」

マリーに出来る事といえば、アレックスを心から癒すよう常に笑顔でいる事くらいだ。そして惜しみなく愛を注ぐ事しかない。

そう、例えばこういった場で、身体を差し出すくらいしか――。

「マリー?」

アレックスの手を取ったマリーは、自らの胸を包み込むようアレックスの手に手を添える。そして先ほどから尻の下で息づくアレックスを擦るよう腰をそろりと動かした。

「これはまた積極的だな。欲しくなったのか?」

クスッと笑ったアレックスのほうこそ積極的にマリーを味わおうと、項に顔を埋めて湯に浮いているマリーの胸の頂きをつま弾こうとしたが、それをマリーが止め、狭い浴槽の中で向き合う形になる。

「……だめ。動いてはだめ。今日は私がアレックスを気持ち良くします……」

マリーの提案にアレックスは意外そうに眉を跳ね上げ、おもしろそうに笑みを浮かべる。

「なにをしてくれるのか楽しみだ」

「う……」

言った手前、頑張るつもりはあるが、あまり期待されても困る。

その表情がありありと出ていたのかプッと噴き出され、思わず口唇を尖らせたところをチュッとキスされた。

「マリーがしてくれるなら、気持ちいいに決まってる。さて、なにをしてくれるんだ?」

「……バスを使ってるんですもの。身体を洗います」

拙いマリーのテクニック如きでアレックスが悦んでくれるかわからないものの、まずは海綿《かいめん》を泡立て、アレックスの逞しい腕から洗っていき、厚い胸や首筋をなぞるように洗い上げたところで浴槽《よくそう》の栓《せん》を抜く。そして抜けていく湯に合わせて徐々に現れた腹筋も丁寧に洗い、アレックスの身体を確かめるよう海綿を滑らす。

その時点でアレックスの灼熱は昂奮に腹を突くほど勃《た》ち上がっていたが、そこには触れずに脚まで洗い上げたマリーは、手にたっぷりと泡を取り、期待に先端を濡らしているアレックスを両手に包み込んで扱《しご》き上げた。

「……ッ……」

「……熱い……」

こんなに熱くて大きく、脈打っている分身が、いつも自分の中に入っているなんて、信じられないくらいだ。

マリーが手を窄《すぼ》めて滑らせると、どくどくと脈打ち、びくん、と反応する。感じてくれているのがわかると嬉しくて、マリーは懸命《けんめい》になって両手を上下に滑らせた。

「……は、マリー……っ……」

アレックスの凝らした息遣いも愛おしく、もっと感じてもらいたくなったマリーはシャワーの栓を捻《ひね》って泡を洗い流すと、誰に教わった訳でもないのに、両手でアレックスの灼熱を支えながら、先端にキスをした。

「マリー……」

一度キスしてしまえば抵抗は薄くなった。いつもアレックスがマリーの秘所を舐めるように、マリーもアレックスを舐めたいと思ったのだ。

「んっ……」

舌が痺れるような苦みを感じたが、アレックスが快感の息をつくのがわかると、先端の括れまでを口に含み、舌を動かしながら、両手で根元を擦り上げる。

「んっ……ん、ふ……」

いつもマリーを熱くさせる張り出した箇所に舌を這わせると、手の中でアレックスがびくびくと脈打ち、感じているのが舌を通して伝わってくる。

舐めているうちにだんだんコツのようなものもわかってきて、アレックスの息遣いに合わせて頭を上下させると、堪らないと言うようにアレックスがマリーの髪を掻き混ぜる。

上目遣いで見上げれば、アレックスは目を眇めて感じ入っていた。それが嬉しくて、もっともっと感じてもらいたくなったマリーは、含んでいた先端から口を離し、舌で転がしてみた。するとアレックスは不意にマリーを抱き上げる。

「んっ……なんですか?」

「これ以上はだめだ……」

マリーとしてはもっと舐めたかったのだが、アレックスは吐精《とせい》を堪えるよう深い息をつき、マリーを抱き上げてしまう。

「気持ち良くなかったですか？」

「いや、とても気持ち良かったが、オレにも都合があるんだよ」

「……都合です、か？」

さっぱり意味がわからないマリーは首を傾げたが、アレックスは答えるつもりはなく、その代わりに今度はアレックスが海綿を泡立て、出来た泡をマリーの身体に塗りつけた。

「あっ、だめです。私が……」

「もちろんマリーに気持ち良くさせてもらうよ。今度は身体を使ってね」

「え……あっ……」

泡だらけになったマリーを、アレックスは抱きしめ上下に揺らした。すると泡のぬめりで身体が滑り、張りのある大きな胸がアレックスの肌の上で躍《おど》ってしまう。

「あっ……あ、あ……あぁん……だめ。だめ、です……私が……」

「これなら二人で気持ち良くなれる。ほら、マリーも頑張って身体を使ってごらん」

「んっ……ぁっ……」

身体を押しつけられると泡で滑って、アレックスの硬い胸板の上で胸が自在に形を変え、尖《とが》った乳首が擦れると、なんだかいつもより感じてしまう。

「あぁん、だめ……だめぇ……」

「だめ、じゃなくて気持ちいいだろ？　オレもマリーの胸が擦れて気持ちいい……」

「あ、あぁ……んっ……ん……」

耳許で息を弾ませながら言うアレックスの声にも感じて、いつしかマリーは泡だらけの身体を押しつけ合う行為に夢中になった。

よく知っている身体の筈なのに、泡という潤滑剤があるだけで、身体が擦れる度に快感が溢れてくる。二人の間でくちゅくちゅと泡のぬめる音がするのも、なんだか全身が濡れているようで、とても淫らな行為のようだ。

そう思うのに、身体を擦りつけ合う戯《たわむ》れ合いはとても気持ちが良くて、やめられずにいたのだが――。

「あ……」

泡で滑って思わずアレックスにしがみつくと、もっと深く身体が合わさり、勃ち上がったアレックスの灼熱を跨《また》いでしまった。

思わず腰を退こうとしたがアレックスに摑まえられて、もっと擦りたてられる。

「あぁん、あ、ア……アレックス……」

淫唇がヌルヌルと灼熱に擦れてしまって、腰から下が蕩けそうになった。

上下に何度も擦りたてられると堪らなくて、いつしか泡だけではなくマリーから溢れ出た愛液も加わり、粘ついた淫らな音がさらに大きくなる。

「は……ッ……上手だよ、マリー……もっと擦りつけてごらん……」

「んんっ……あ、あっ、あぁん……」

腰を深く上下に振ると、秘裂を割るようにしてアレックスの灼熱が行き来するのが気持ち良く、マリーは淫らな腰つきでアレックスを擦った。

どくどくと脈打つアレックスを感じるだけで身体が熱くなり、アレックスの先端の張り出した部分に秘玉から蜜口までが擦れると、擦れる度に身体がしなってしまう。

「あぁん、あ……っちゃう……もう達っちゃう……！」

どうしようもない快感にマリーが首を振ると、アレックスはマリーの腰を摑み、自らの角度をつけて蜜口をつついた。

「マリーが欲しいのは……これ？」

「あっ……ん……」

言いながら蜜口に浅く入り込んできたアレックスに、マリーの中が迎え入れるように柔らかくなる。しかしアレックスは挿入ようとはせずに、また出ていき秘裂を擦りたてる。

「それともこのまま……擦るだけで達くか？」

「や、やぁ……！」

マリーの中はもうアレックスを待ち望んでいるのだ。なのに意地悪くつつかれて、涙目になってアレックスを熱く凝視める。

「……お願い、もう来て……いいの、アレックスがいいの……」

「今日はマリーが気持ち良くしてくれるんだろう？　だったら、自分で挿入《いれ》てごらん」

「あっ……」

涙が滲《にじ》んだ目尻にキスをされて、あやすように背中を撫でられ、促すよう濡れた先端で淫唇を前後に擦られる。

自ら迎え入れた事はなかったが、そんな戯れをされているうちに我慢出来なくなってきて、マリーは腰をゆっくりと落としていった。しかしいくら柔らかくなっているといっても、締まりのいいマリーの蜜口は、アレックスをあっさりとはのみ込めなかった。

「んっ……ん、入らない……」

何度腰を落としても入らない。しかしどうやれば自分で挿入られるのかわからない初心なマリーが淫らに腰を揺らしていると、見かねたアレックスが、とうとう助け船を出す。

「自分で手を添えて挿入るんだよ……」

「は、はい……」

言われたとおりアレックスの根元に手を添え、自らの蜜口に迎え入れるよう腰を落とすと、浅いながらも入ってきた。熱い塊に押される感覚に思わず腰が退けそうになるが、今日は自分が気持ち良くするのだと言った事もあり、それになによりマリー自身がアレックスで満たされたかった。

「ん、ふ……ふぁっ……！」

「……ッ……マリー……」

身体の力を抜きながらも押し入れるよう腰を沈めていくと、アレックスの灼熱がゆっくりと確実に中へと入ってくる。

張り出した先端を挿入るまではひどく時間がかかったが、そこを通りすぎてしまえば、マリーの中はアレックスをしゃぶるように、ずぶずぶとのみ込んでしまう。

「ぁっ……あ、あっ……」

奥まで届くと、四肢から力が抜けるような感覚が襲ってくる。思わずアレックスにしがみつけば、アレックスもマリーをギュッと抱きしめてくれて、褒めるように顔中にキスの雨を降らせる。

「いい子だ……自分でのみ込んだね。今度はマリーが気持ちいいように動いてごらん」

「んっ……は、はぃ……」

言われたとおり腰をそろりと持ち上げ、また奥に届くよう腰を沈める。

それを何度か繰り返しているうちに、どんどん気持ち良くなってきたマリーは腰を淫らに使い、身体を上下に揺らした。

「あ、あっ、あぁん、あ……あ……」

「……っ……上手だよ……マリー……」

「んっ……もちい？　アレックスも……気持ちい……？」

「あぁ、マリーの中が美味そうに吸いついてきて……気持ちいいよ……」

最高だ、と耳許で囁かれたマリーは身震いしながらも、腰を淫らに振りたてる。

最初は遠慮がちであった腰つきも次第に大胆になり、マリーが動く度にくちゅん、くちゅん、と音がたつほどで。

「あ、あぁん、あン……やんん……届くの……届くのぉ……」

子宮口に届く度に甘やかな刺激が四肢まで痺れさせ、身体が仰け反る。それをアレックスはしっかりと抱き留め、自らもマリーに合わせて動き出した。

「あぁん、深い……」

マリーが腰を落とすのに合わせ腰を突き上げると、マリーは感じ入って黒髪を振り乱しながら、いやいやと首を振る。しかし腰は相変わらず淫らに蠢き、アレックスを頬ばる。

自らが気持ちいい場所を擦り上げているせいか、自分でもどうしたらいいのかわからないほどの快感に啼き、アレックスをせつなく締めつけるのだ。

「……っ……マリー……」

突き上げれば奥まで誘い込むよう吸いつき、出ていく時は逃さないとばかりに絡みつき、くちゃくちゃと粘ついた音をたて、大きな胸を躍らせてアレックスをしゃぶる様を見られている。そう思うだけで身体がより熱くなっていくようだった。

マリーが淫らになればなるほど、アレックスの官能を大いに刺激しているようで――。

「あぁん……だめぇ……！」

マリーが拙《つたな》いながらも淫らに腰を使っている姿だけで満足していたアレックスだが。マリーを浴槽に寝かせると、脚を浴槽の縁に掛けるよう目一杯広げた。

「や、やぁ……この格好いやぁ……！」

腰だけを支えてやると、マリーの秘所がすっかり露わになる。昂奮に尖り包皮から剝き出しになっている秘玉や、アレックスを包み込む為にぽってりと膨らみ開ききった淫唇は愛液でテラテラと光り、アレックスを誘うよう淡い睡蓮色《ロータスピンク》に染まっている。そしてアレックスを頰ばる蜜口は、もっと奥へと誘うよう収縮を繰り返し、アレックスが出ていくと物足りなさそうにひくりと開閉した。

「マリーの一番恥ずかしいところが丸見えだ。たくさん濡れて……ものすごくエッチだね」

「いやぁあん……見ちゃだめぇ……！」

「だめ。いっぱい見てあげる。マリーは恥ずかしいの大好きだもんね」

「ちが……違うのぉ……」

黒髪を振りたてて違うと反論するが、アレックスの視線を感じるだけで蜜口からはこぽりと愛液が溢れ出てしまう。

「あぁ、また溢れてきた……オレの熱いのでぐちゃぐちゃに掻き混ぜてほしい？」

「ん、んぅっ……」

そんな恥ずかしい願いを口に出来る筈もなく、マリーは顔を両手で覆う。しかし蜜口は期待に焦がれてひくひくと蠢かせるのだ。

「言わなきゃあげないよ。ほら……この熱い中に挿入てほしくないの？」

「あっ……あぁっ！　あぁぁっ！　やあぁ！」

揃えた指を中に挿入て秘玉の裏を擦り上げるようにちゃぷちゃぷと音がたつほど速く指を出し入れすると、マリーはまるで泣き出す寸前のような声をあげる。

アレックスの灼熱で満たされるのも好きだが、指で直接官能をつま弾かれるのも大好きなのだ。その証拠に灼熱の塊を挿入ている時よりも感じきった声をあげ、その声が指の速さに合わせて、どんどん高くなっていき——。

「やっあぁぁん……っ！」

アレックスが勢いよく指を引き抜くと、マリーはそれと同時にぴゅっと透明な飛沫を蜜口から飛ばして達ってしまう。そして指が出ていった後は、蜜口をひくひくと開閉した。

「指でするとマリーはすぐに潮を噴いちゃうね。もっとやったらお漏らししちゃうかも。ちょうど浴槽だし、指で何回したらお漏らししちゃうか、試してみる？」

「いやぁ……そんなのやぁ……」

言葉で責められるだけでも感じてしまって、マリーの蜜口はひくりと蠢いてしまう。愛液も乾く暇もなく溢れ出て、糸を引いて浴槽へとたれていく。

「あぁ、いやらしい……愛液をたらたら垂らして。本当はしてほしいんだろ？　オレにおしっこしてるところを見てもらいたい？」

「いや……やなの……本当にいや……」

真っ赤に熟れた顔を覆って、羞恥に震えるマリーは食べてしまいたくなるほど可愛く、アレックスはマリーの性感帯でもある臍《へそ》にキスをしながら、また蜜口へ指を挿し入れる。

「あっ……や、あぁぁん……！　あんん……も、やぁ……も、しないでぇ……！」

マリーの泣きそうに甘い声を愉しみながら、アレックスはちゃぷちゃぷと指を出し入れしては、秘玉の裏を擦り上げる。するとまたマリーは指を勢いよく引き抜かれた途端に潮を噴き、身体をびくびくと痙攣させた。

「あ、は……もぉや……もう達くのやぁ……」

連続で達かされて、マリーは息も絶え絶えに薄い腹を上下させる。その様子があまりに愛おしくて、アレックスは上下する臍をじっくりと舐めた。

「あっ……だ、めぇ……舐めちゃだめなのぉ……」

まるで蜜口を舐めるように尖らせた舌先で臍をぐるりと舐められるだけで、マリーはびくびくとしながら快感を拾い、新たな愛液をたらす。

もう達きたくない筈なのに、身体は新たな快感の予感に震えて腰が淫らに蠢く。

二度も達した秘所は散る間際の薔薇のように淫らに咲き乱れ、蜜口がひくりと開閉する様は、見ているだけでアレックスを煽った。

「ほら、また指で達きたい？」

「ん、や……やっ……」

秘裂をヌルヌルと上下に擦りながら耳許で囁くと、マリーは首をぷるぷると横に振る。

これ以上指で達ったら、アレックスの言うとおりの事態になりそうで本当にいやなのだ。

いくら愛しているアレックスにでも、見せたくないものはあるのだ。

「だったらおねだりしないと。いい子のマリーはどう言えばいいか――わかってるね？」

「んっ……」

甘いバリトンで囁かれ、マリーはまるで催眠術にかかったかのように顔を覆っていた両手を外し、その震える指で自らの秘所を思いきり広げた。

「ぁっ……ん……」

ただでさえ開ききった秘所をさらに広げただけで、マリーは新たな愛液をこぽりと垂らし、蜜口の媚肉を奥へ巻き込むようひくひくさせた。

「さぁ、オレを誘ってごらん……」

「は、はぃ……来て、くださ……マリーの一番恥ずかしいお口に、ア、アレックスの熱くておっきいの挿入て、くちゅくちゅしてぇ……マリーのこともっとエッチにしてぇ……」

言っただけで感じてしまい、マリーは蜜口をひくひくと開閉し、秘所よりもさらに薔薇色に色づいている媚壁を見せつけてアレックスを誘う。

「そう、マリーはオレのこれでくちゅくちゅしてもらいたいんだ？　いやらしいお口をもっとエッチにしてもらいたいんだね？」

「は、はぃ……いっぱいいいっぱいエッチにしてぇ……！」

拙いながらも腰を波打たせて誘うマリーの熟れた頬に、良く出来ましたとばかりにキスをしたアレックスは腰を抱いて、マリーの痴態《ちたい》を見て聞いて昂奮に昂ぶる灼熱の塊を蜜口へひたりと当てた。

「ぁっ……あ……」

みっしりと重いアレックスを蜜口に感じ、マリーの大きな胸が期待に弾む。乳首も触れてもいないのに硬く凝り、先端を震わせる。

「あげるよ……マリーがずっと欲しかったのを……」

「あ……あっ、あぁぁっ……！」

アレックスがほんの少し力を込めただけで、指淫で既に柔らかくなっていたマリーの秘所は、アレックスをあっさりとのみ込む。

ずぶずぶと音が聞こえそうなほど奥まで迎え入れ、美味しそうにしゃぶり尽くす。

「あー……あー……、入ってる……アレックスが入ってるのぉ……」

「そうだよ……っ……マリーの中は熱くてヌルヌルで……最高に気持ちいいよ……」

マリーが首に抱きつき、腰に脚を絡めるのを待ってからアレックスが揺さぶると、マリーはどうしようもなく感じきった喘ぎを洩らす。それがさらにアレックスを煽り、肌がぶつかるほど激しくマリーを穿《うが》つ。

「あぁん、あっ、あぁっ！　あ、あぁっ！」

待っていた灼熱の塊を目一杯受け止め、マリーの内壁が蠢動する。何度も達した媚壁は熱く熟れ、蜜壺と化したマリーの中は、アレックスを溶かしてしまいそうなほどで、堪らなく吸いついて締めつけてくる。

「は……っ……」

奥歯を噛み締める事で吐精を堪えないと、あっという間に持っていかれそうなほどで、アレックスも感じ入った吐息を洩らす。そんな風に感じてくれているのが嬉しくて、マリーも淫らに腰を揺らした。

「んぅっ……アレックス……私のアレックス……」

「あぁ、わかってるよ。オレのマリー……中が疼いてどうしようもないんだね……」

「あぁっ、あっ、あぁっ、あぁん……」

奥をつつかれる度に身体中が甘く疼いて、マリーは奔放《ほんぽう》な喘《あえ》ぎをあげ、アレックスにしがみつくがそれでも足りず、広い背中に爪を立てる。

頭の中はもう空っぽになるほどで、アレックスの灼熱を受け止める事しか浮かばず、このまま繋がった箇所から蕩けてしまいそうだった。

「あぁん、アレックス、アレックス……」

そのくらい気持ちが良くて、アレックスが出入りする度に愛おしさが身体から溢れ出るような多幸感を味わった。

「マリー……っ……は、いいよ……オレのマリー……」

そしてアレックスも柔らかいのに吸いついてくるマリーの中へ突き挿入る度、高揚感を味わい、ひとつになる幸せを実感する。

もともとひとつに繋がっていたかのような一体感があり、息も鼓動も同じリズムを刻んでいるのを、二人ともが感じ、それがまた身体に伝わり、お互いを高めていく。

「あっ……あぁん、あぁ……アレックス、アレックス……」

「マリー……オレのマリー……っ……」

アレックスが行き来して奥をつつく度に、マリーの身体が仰け反る。それをアレックスはしっかりと支え、あとは言葉もなく弾む息だけで愛情を伝えた。

「あぁん……達、く……達くぅ……！」

「いいよ……っ……一緒に……」

今まで以上の腰使いでお互いに高め合い、マリーの声がだんだんと高くなる。それに合わせてアレックスの息も弾み、二人同時に高みを目指した。

「あ、あぁん……あ、あっ、あぁ、あ、や、あ、あぁぁんっっ！」

「クッ……っ……、……！」

ほぼ同時に達した二人は、息を凝らして腰を突き上げ、びくん、びくん、と痙攣する。

それでもまだ快感は続き、アレックスはすべてを出し尽くすように、何度も穿つ。

そしてマリーも快感の余韻にうっとりとしながらも、アレックスを絞り取るような仕種をして、お腹にじんわりと広がる熱を感じていた。

熱を受けるこの瞬間が幸せで、マリーはアレックスに抱きつき、チュッとキスをした。

自らキスをする事で、精一杯の愛情を伝えたかったのだ。

アレックスは笑いながらもそれを受け止め、今度はマリーにキスを返してくれて、ギュッと抱きしめてくれる。それが嬉しくてしばらくは抱き合ったままでいたのだが――。

「……さて、続きをしたいが、今はここまでにしよう。腹を減らしたディーノが乗り込んできそうだしね」

「ん……は、はい」

冗談めかして言うアレックスが出ていく感触にぞくぞくしながらも、マリーは頷いた。

ディーノがそんな野暮をする事はないが、夕食前に二人で長時間こもっていたら、なにをしていたのかバレてしまう。

そうして手早くシャワーを浴びて淫らな気配を洗い流したが、浴びている最中に中からこぼりとアレックスの名残《なごり》が溢れてきてしまい――。

「あっ……」

「これは失礼。なんなら責任を持って出してあげようか？」

「けっこうですっ！　それよりも頭まで洗ったなら、アレックスは先に出てください！」

「わかったわかった。ゆっくり入っておいで」

マリーの剣幕に恐れをなした訳ではないだろうが、アレックスがようやくバスルームから出ていき、マリーはホッとしながら、今度こそ淫らな気配を丁寧に洗い流した。

それでもまだお腹の中にはアレックスが入っているようで、少し照れくさくもあったのだが、顔は自然と笑みを浮かべていた。

そしてマリーも遅れてシャワーを浴び終え、二人揃って夕食の席に着いたのだが――。

「いやぁ、みんなくったくたなのに、お盛んな事で」

「……マリー。今は僕の事見ないで。綺麗すぎてドキドキしちゃうから」

「え……う……」

とっくに席に着いていたディーノにはアレックスの機嫌の良さからすぐにバレてしまい、料理を運んできたクレールには変な事を言われ、マリーはこれ以上ないほど赤面した。

確かに忙しい最中になんて淫らな事を自ら誘ってしまったのか――深く後悔したマリーには、顔色ひとつ変えないスティーヴだけが唯一の救いだった。

第五章　Ｊの秘密

招待客を楽しませる為の弦楽器《げんがつき》の奏者が屋敷へとやって来たようで、調律を兼ねたリハーサルの楽曲が、マリーの衣装部屋にも心地良く響いてきた。

パーティーの開始時間まであと三時間。日雇いの車両係やウェイターも続々と屋敷入りし、スティーヴは朝食の席から姿を見せないほど、屋敷中を忙しく回っている。

クレールも昨日から友人のシェフと共に大量のカナッペやローストビーフの下準備をしていて、寝ていないのではないかと思われるほど忙しそうだった。

朝から明るいディーノが付き添ってくれて、軽口ばかり言うお陰で、屋敷中に張り詰めている空気をあまり感じずにいられたが、いよいよドレスに袖を通す時間となり、ディーノと別れたせいか、緊張がいや増してきたマリーは、最近あまり出なくなったブレスレットを触る癖《くせ》が出ていた。

「さぁ、マリー様。こちらにおかけください。まずは御髪《おぐし》を綺麗に整えましょう」

「は、はい……よろしくお願いします」

美容師に促され、マリーは緊張しながらも衣装部屋の化粧台に着いた。

ドレスの着付けや髪の結い上げや化粧などは、レイ夫人が贔屓《ひいき》にしている中華系美容室を紹介してもらい、腕の確かな二名を派遣してもらっている。

東洋人の張りのある黒髪を結い上げるのは西洋人には難しいらしく、レイ夫人のアドバイスに従ったのだが、やはり東洋人の美容師はマリーの張りのある黒髪にも躊躇《ちゅうちょ》せず、ホットカーラーなどを使い、慣れた手つきで髪を捌《さば》いている。

「艶《つや》があってとても綺麗な髪ですこと。仕上げ甲斐があります」

「見苦しくなければそれでいいのですが……」

「とんでもない！　レイ夫人には、くれぐれも最高に仕上げるように言われてますもの。ドレスに合うよう腕によりをかけて仕上げさせて戴きます」

にっこりと笑った美容師は張り切っており、ホットカーラーでカールしたマリーの長い髪をサイドトップで束ね、複雑な編み込みをし、ドレスの共布で出来たリボンを髪に巻いていき、白く可憐《かれん》な小薔薇《ばら》と小さな可愛い帽子を飾った。重くなりがちな黒髪を薄蒼色のリボンと白い小薔薇で印象づけ、あまり大人びすぎず、かといって子どもっぽくもなく、社交デビューらしい初々しくも華美な髪型へと仕上げてくれた。

「このような雰囲気でいかがでしょうか？」

「はい。とても綺麗にしてくださって、どうもありがとうございます」

普段は髪など梳《と》かすくらいしか手入れしていないマリーがびっくりするくらいの出来栄えで、鏡に映る自分が自分でないようだ。

「さぁ、次はお化粧ですよ。マリー様はもともとお肌が綺麗ですけれど、今日は夜会ですのできっちり仕上げますね」

「はい、お任せします」

化粧も普段は白粉《おしろい》をはたき、ピンク色の口紅を塗る程度しか施していないが、やはり本格的なパーティーでは、きちんとした化粧を施さなければならないらしい。

マリーは美容師たちにされるがままガウンをずらされ、金粉が混ざった特別な白粉を胸や背中にまで塗られていき、目を瞑《つぶ》ってされるがままになること数十分。

「さぁ、もう目を開けても大丈夫ですよ」

「あ……」

鏡に映る自分にまたしても驚いてしまったマリーであった。

自分なのに自分ではないような不思議な気分で鏡を覗き込んでいたが、またしても美容師たちにガウンを脱がされ、次はドレスの着付けに入った。

二十世紀に入り、長年女性を苦しめてきたコルセットからの解放が叫ばれるようになり、今や社交界でもドレスを着用する時は、コルセットは使用されなくなっている。

お陰でマリーはコルセットに苦しめられる事もなく、自らの身体のラインを活かしたドレスを身に纏う。

仮縫いの際に微調整をしたので、ドレスはマリーの身体に吸いつくようフィットして、腰の切り替えから、スカートがふんわりと膨らむようドロワーズは着けずに、幾重にも重なったパニエを着用した。

胸の上半分が露出したドレスの襟元《えりもと》は、乳白色のレースと蒼色の花で包まれ、胸の下からウエストにかけてはコルセットの代用とでもいうか、乳白色のリボンがクロスして腰の細さを強調している。パフスリーブになっている袖は肘から手首にかけて広がるよう出来ており、中には乳白色のレースが幾重にも重なっている。そして袖のラインにはやはり乳白色のリボンがクロスしているのだ。膨らんだスカート部には蒼色の花と乳白色のレースがふんだんに飾られ、とても豪奢《ごうしや》なドレスになっている。

そして極めつきは、首と耳を飾るマリーの瞳と同じ色のブルーダイヤの宝飾品だ。

涙形のブリリアントカットをされた大粒のブルーダイヤのネックレスは、とても高価なホワイトダイヤが白金《プラチナ》の台座の周囲を飾り、マリーの華奢《きやしや》な首に着けると、とても映えた。

同じく揃いのイヤリングも髪を結い上げた事により、耳許でキラキラと輝き、瞳の色も相《あい》俟《ま》って、マリー自身が発光しているような輝きだ。

そこまでの用意に二時間半はかかったが、屋敷中がざわめいているせいか不思議と疲れは感じなかった。むしろドレスや宝飾品で着飾った事により、気持ちが引き締まった。

「とてもお綺麗ですわ」

「本当に。薄蒼色《アイスブルー》のドレスも宝石も瞳と髪に映えてとてもよくお似合いです」

「どうもありがとう」

少し照れてしまったが、素直にお礼を言って鏡に映るよそ行きの自分を凝視《みつ》める。そして凝視めているうちに気がついた。

あんなに嫌いだった鏡の前で自然と笑えている。美容師たちのお陰で不思議な魔法がかかっているからだとしても、いやじゃなかった。

それが気弱なマリーの自信へと繋がった。そして自信がつけば笑みはさらに深くなり、マリーの美貌はよりいっそうの輝きを増す。

姿見の前で全身を映し出しても大丈夫で、これならアレックスの顔に泥を塗る事はなさそうだと胸を撫で下ろし、美容師たちと細かなチェックをしていると、扉がノックされた。

「マリー、そろそろ用意は出来てい――」

「アレックス」

やはり忙しそうだったアレックスが訪ねて来てくれて、嬉しさに笑顔を浮かべて出迎えたのだが、アレックスは扉を開けた格好のまま、ただマリーを凝視め続けている。

「……アレックス？」

「……あ、あぁ。あまりに美しすぎて、魂が一瞬だけ抜けてしまったよ。よく似合ってるよ、オレのマリー《マイラブ》……」

アレックスはようやく息を吹き返したかのように、扉を閉めてマリーに近づき、まるで壊れ物に触れるかのようにそっと抱きしめ、口唇《くちびる》を寄せてきたのだが、マリーは寄せられた口唇に人差し指を当てる。

「だめです。せっかく綺麗にお化粧してもらったばかりですから、キスはおあずけです」

「……む。ならばこちらで我慢しよう。最高に素敵だよ、オレのマリー」

アレックスはマリーの手を取り、愛情を示すようたっぷりと時間をかけて手の甲にキスをしてくれた。

「どうもありがとう、アレックス。アレックスも素敵です」

正装したアレックスの姿は何度も見ているが、いつ見ても惚れ惚れするくらい格好いい。肩幅があり逞しく厚い胸板のアレックスが夜用の礼服である燕尾服を着ると、いつもよりさらに貫禄が増して、黒い燕尾服に銀髪がとても映えるのだ。

「お互いに褒め合っていてはキリがないな。だが、本当に綺麗だ。エスコートして皆にお披露目するのが楽しみだ。あぁ、それでだな」

アレックスは本来の仕事を思い出したように、パーティーの流れをかいつまんで話す。

お披露目といっても、なにもスポットライトが当たって皆に注目される訳ではなく、玄関ホールでアレックスと共に来訪した招待客を迎え、挨拶をすればいいとの事だった。

そして招待客をすべて屋敷の右翼の大広間へ案内し終えたら、あとはアレックスやレイ夫人の傍にいればいいと言われ、しっかり頷いた。

今日はレイ夫人のサロンで仲良くなった友人も、マリーの客として招待している。そのレイ夫人を中心とした輪の中にいれば、マリーも気兼ねしないでパーティーを楽しめるだろうというアレックスの心遣いだ。

そしてマリーに代わりスポットライトが当たるのは、今回の陰の主役のジェフリーだ。ジェフリーはさも旧い友人の如《ごと》く接して、アレックスとの親密な関係をアピールしてくるだろう。そこを狙って、アレックスがパーティーの始まりのスピーチをする際に、指名して祝福のスピーチをさせるのだ。

「上手くいく事を願ってます」

「あぁ、オレもそう願ってるよ。もしもジェフリーが親しく話しかけてきたら、今回の作戦の為に、親しく話してくれ。だがオレがヤキモチを焼かない程度にな?」

冗談めかして言うアレックスに笑って頷き、少し緊張が解れてきたところで再び扉をノックする音が聞こえ、しばらく見かけなかったスティーヴがやって来た。

「準備はすべて調いました。そろそろ気の早いお客様がいらっしゃる頃合いです。お二人も玄関ホールに移動願います」

「あぁ、ご苦労だったな。それじゃ、行こうかオレのマリー」

腕を差し出してくるアレックスに摑まり、スティーヴにスカートを捌《さば》いてもらって階段を下り、いよいよ玄関ホールで招待客を出迎える準備に入った。するとほどなくして、ぽつりぽつりと気の早い招待客がやって来て、アレックスの紹介でマリーが挨拶をすると、誰もが絶賛してくれた。

まさに社交辞令だが、中には観劇の際にマリーを見かけた招待客もいて、その時の美しさを大袈裟《おおげさ》に表現してくれた招待客もいた。そしてそのうちに招待客や賓客はひっきりなしにやって来て、屋敷がざわざわと賑《にぎ》やかになってきた頃になって、件《くだん》のジェフリーがパートナーを連れずに一人で現れた。

「やぁ、アレックス。ようやく深窓のマリーを紹介してくれる気になって嬉しいよ」

「紹介が遅れて申し訳なかった。ジェフリーがまさかマリーと知り合いとは思わなかったよ。世間は狭いな」

旧い友人同士が懐かしむように、固い握手をして微笑み合っているようには見えるが、マリーには二人の間に剣呑《けんのん》な火花が散っているように見えた。

しかしそれを気にしてはいけないと笑顔に努めていると、ジェフリーはもったいつけるようにゆったりとマリーに向き直る。

「マリー、観劇の時以来だな。今日もどのご婦人よりも綺麗だ。とても児童養護施設にいたとは思えない淑女《しゅくじょ》になったたね」

「ありがとうございます。先日は驚きすぎて言葉が出ませんで失礼致しました、ロード・ジェフリー。本日はお忙しい中、私のお披露目とアレックスとの婚約パーティーへ来てくださって、どうもありがとうございます」

褒めているようでどこかマリーを蔑《さげす》んでいる言葉をかけられたが、笑顔ですらすらと謝辞を述べると、引っ込み思案で臆病《おくびょう》なマリーしか知らないジェフリーは些か驚いているようだった。それでもそれを気にしていない素振りで次の招待客を出迎えると、ジェフリーはまだ話したりない消化不良のような表情を浮かべながらも大広間へと消えていった。

「上出来だったぞ、マリー。その調子だ」

招待客が途絶えたところでアレックスに耳許で囁かれ、自分の振る舞いが正しかった事にホッとした。そして招待客を次々と出迎えているうちに、マリーはレイ夫人の下で覚えた社交術を発揮して、アレックスに恥をかかせるどころか見事な淑女ぶりを披露した。

途中、グァイ夫妻とその友人たちもやって来て、マリーを和ませてくれたのがいい効果だったのかもしれない。

「賓客は揃いました。招待客はまだおいでにならない方もいますが、時間です。そろそろパーティーの始まりのスピーチに移りましょう」

リストを陰でチェックしていたスティーヴに促され、マリーはアレックスを見上げてしっかりと頷いた。そしてアレックスも気合いを入れるようにニヤリと笑った。

「それじゃ、始めようか。マリー、オレを支えてくれ」

「もちろんです」

アレックスに腕を差し出され摑まったマリーは、会場となる大広間へと足を踏み入れた。

談笑にざわめいていた招待客たちは、今日の主役であるアレックスとマリーの為に道を空け、その中を寄り添って歩く二人を見て、まるで酔ったような目で凝視める。

アレックスの男っぷりは周知の事実だが、マリーを初めて見る客や、観劇の席で既に見知っている客たちは、今日のマリーの見事なドレス姿に見惚れているようだった。

男性客はマリーの容姿を褒め、女性客は最新で豪奢《ごうしゃ》なドレスと、なにより大粒のブルーダイヤを羨望《せんぼう》の目で凝視め、アレックスに贈られた高価な品々について噂した。

以前のマリーなら、耳に触れる声を聞いただけで泣きそうになっていただろうが、もう臆病なマリーの姿はそこにはない。見られる事にも怯えず、完璧な淑女として、ひそひそと話す客に笑みさえ浮かべて黙らせた。

そしてアレックスの完璧なエスコートにより一段高い壇上に揃って上がり、二人して寄り添い、招待客たちが存分に仲睦まじい姿を堪能したところを見計らって、アレックスが声をあげる。

「今宵《こよい》はお忙しい中、私の妻となるマリーの社交デビューと婚約の会へご列席戴き感謝致します。マリーはまだ年若く、淑女としては未熟ではありますが、皆様のお仲間として迎えてくださると嬉しいです。そして我が妻を紹介する皆様には、今後もよりいっそうの親密なおつき合いを願います。聞いてますか、スペンサー公？　まずはマリーの魅力で、貴方の事業に参加させて戴きますよ？」

アレックスが冗談めかして指名すると、好々爺《こうこうや》の風体《ふうてい》の紳士が笑う。

「まったく、おまえの抜け目のなさには感心するわ。まずはお嬢ちゃんを私のウィンダミアにある荘園邸宅《マナーハウス》に招待しようじゃないか。話はそれからじゃ」

「やったぞ、マリー。これでスペンサー公のお墨付きだ」

アレックスが続けざまに冗談めかして言うのに合わせ、耐えきれなくなった招待客からとうとう爆笑があがる。

しかしイギリスの貴族社会の中で一番の地位に属するスペンサー公爵に、マリーは気に入られたという事になり、表でも陰でも滅多な事は言えないという形を、アレックスは今のスピーチであっさりとやってのけたのだ。

また好々爺の風でありながら、実は気難しくやり手のスペンサー公爵に荘園邸宅へ招待をされる事は滅多になく、それ故にたいへん名誉でもあり、この一瞬でマリーの株はぐんと上がった事になる。

「マリー、スペンサー公にお礼を」

「どうもありがとうございます、デューク・スペンサー。是非、アレックスと伺います」

スカートを摘んでお辞儀をし、にっこりと微笑むと、スペンサー公爵もにこにこと笑ってくれる。たぶん気に入られているのはマリーではなく、孫のようなアレックスなのだ。

「ところで、ここで私の旧くからの友人であり、マリーととても親しくしてくれたジェフリー・リンデンバーグ伯爵に、私たちの婚約の祝福を、皆様に代表して述べてもらおうと思いますが、どうですか?」

ついに笑顔で仕掛けたアレックスの言葉に、招待客から拍手があがり、ジェフリーの周りが拓けた。

スペンサー公とのやり取りを妬《ねた》ましく聞いていたであろうジェフリーであったが、皆に笑顔で拍手を受けた事により、ワインに咽《む》せつつ、微妙な苦笑いを浮かべ、壇上の人となり、同じ舞台に並ぶ。

そこまではマリーたちの思惑どおりであるが、いったいなにを言うかはジェフリーに懸かっている。もしかしたらとんでもない厭味かもしれない。

思わずマリーはこっそりとアレックスの手を強く握って、スピーチを考えているらしいジェフリーを凝視めた。

まさか自分が指名されるとは思ってもみなかったのだろう。しかし二人を知っているのはジェフリー以外にはいないのだから、順当な指名でもある。

二人して笑顔を浮かべると、ジェフリーは苦虫《にがむし》を嚙み潰したような顔を一瞬だけして、浮かんだ冷や汗を拭《ぬぐ》いつつ、それでもなんとかその場を取り繕《つくろ》うのに必死な様子だった。

「えー……、いきなりの指名どうもありがとう。数々の成功を収めている親友のアレックスと、以前から知り合いの美しいマリーは、たいへん似合いの美男美女のカップルと言えるでしょう……羨《うらや》ましいくらいです。パブリックスクールからの友人代表として誇らしく思い、二人の門出を祝福します。おめでとう」

簡素ではあるが祝福の言葉を述べたジェフリーは、皆から拍手を受けた事で、薄笑いを浮かべてそそくさと壇上から下りたが、マリーとアレックスはお互いにアイコンタクトを取って、作戦の成功を祝った。

その様子が仲睦《むつ》まじくも映り、招待客からひやかしの声があがるのを機に、スティーヴが合図を送り、弦楽器のカルテットが演奏を始めてパーティーは幕を開けた。

アレックスと共に壇上を下りたマリーは、まずは本日の賓客でありスピーチで話題にしたスペンサー公爵へ挨拶に行った。

「先ほどはありがとうございます。スペンサー公」

「まったく、おまえは抜け目がないのぅ。祝いの席で仕事の話が出るとは思わなんだ」

「これから家族を増やしていくのに、仕事は積極的に取り組みたいので」

「家族ときたか。結婚もまだなのに、気が早いのぅ。ウェディングドレスが着られなかったら嬢ちゃんが気の毒じゃ」

やはりスペンサー公爵はアレックスを気に入っているようで、少し偏屈《へんくつ》な言い回しをしてくるが、ほんの少しの会話だけでマリーの事も気に入ってくれて、愛情溢れる祝福と共に、ウィンダミアの荘園邸宅への招待を正式に受けた。

それから代わる代わる友人や仕事上のつき合いがある招待客が、酒や食事を楽しみながらも二人に祝福の言葉をくれ、気がつけばアレックスとは離ればなれになってしまった。

「マリー、マリー、こっちよ。いらっしゃい」

「レイ夫人！　ミスター・グヴァイも来てくださって、どうもありがとうございます」

すぐにレイ夫人が呼び寄せてくれたお陰で一人にならずに済んだマリーは、それからグヴァイ夫妻とその友人たちに囲まれ、楽しい時間を過ごした。

「なにやら娘を嫁に出す気分だったよ」

「ミスター・グヴァイ、娘は言いすぎです」

「やっぱり素敵。そのドレスにして正解だったわ。みんな見て。わたくしが見立てたのよ」

レイ夫人の友人たちとドレスや宝石の話題で楽しみ、お酒も少しだけ舐《な》めて、クレール渾身《こんしん》の力作である、色とりどりのカナッペやローストビーフを堪能していたのだが——。

「失礼します。レディースルームへ行ってきます」

「わたくしもついて行くわ」

「いいえ、大丈夫です。自分の部屋のバスルームへ行きます。レイ夫人はどうぞパーティーを楽しんでください」

レイ夫人は心配して一緒に行動してくれようとしたが、自宅という気安さもあり、人いきれで少々疲れたマリーは自分の部屋で化粧直しをして休む旨を伝えると、レイ夫人も頷き、友人たちとの会話に花を咲かせ始めた。

そしてマリーは声をかけたくてうずうずしていた招待客との軽い会話を交わしながらも、すぐに切り上げげつつ移動していくと、酒のトレイを持ったウェイターが、通りすがりにマリーへ紙片をそっと渡す。

すぐに廊下へ出たマリーは冷たい空気にホッと息をつき、誰もいない廊下で、渡された紙片の中身を読んだ。

『君とゆっくり話がしたい。庭の東屋《あずまや》で待っている——ミスターJ』

「ミスターJが……このパーティーに!?」

招待客の中にミスターJがいたと知り、マリーの胸は高鳴った。

という事は、玄関ホールで挨拶した時にミスターJと話した事になる。しかし三百人規模のパーティーだ。いったい誰がミスターJであったかなど、招待客をピックアップした訳ではないマリーにわかる筈もない。

だがミスターJのほうから、マリーに会いたいと申し出てくれているのだ。たぶんこの機会を逃したら、もうミスターJには会えない気がする。

ミスターJがジェフリーではない事はこれまで聞かされたアレックスの話からして明らかだろうし、一度でいいからどんな紳士か会って直接、お礼がしたい。

不遇の時代を支えてくれたのは貴方だったと伝えたい。その一心でマリーは家の者しか使わない扉から庭へと出た。

パーティーの演出で庭にもキャンドルが点っていたので普段のように真っ暗という訳ではなく、間接的な灯りで薔薇の色もわかるほどで、薔薇の甘い香りも相俟《あいま》って、どこかしっとりとロマンティックな雰囲気だ。

なるほど、レイ夫人が庭で情事が行われる事を匂わせていたのも頷ける。

せっかくの忠告を守らなかった事を申し訳なく思いつつも、敬愛するミスターJが狼に豹変《ひょうへん》するとは思えず、またジェフリーではないという確信から、足早に東屋へと歩いていったのだが――。

「……ミスターJ……？」

白い石灰岩で出来たゴシック様式の柱でドーム状の屋根を支えている東屋は、衝立《ついたて》もなく風がよく通り、人がいれば遠目でもすぐにわかるほど開放的な休憩所で、マリーのお気に入りの場所でもあるが、近づいてみても人の気配はなかった。

それでも少しの望みを懸けて、東屋に足を踏み入れようとした時だった。背後の茂みがガサリと音をたて、マリーがびくっとしながらも振り返ると、そこには――。

「……ロード・ジェフリー……」

驚きつつも距離を取ろうとマリーが警戒して後ずさると、ジェフリーは悲しげな笑みを浮かべ、歩み寄ってくる。

「なぜ逃げるんだ？　マリー……」

「逃げてなどおりません」

と言いつつも後ずさってしまい、東屋の中へじりじりと移動すると、ジェフリーも東屋へ足を踏み入れる。

「そうか、私の勘違いか。ならばいいんだ、君とはゆっくり話したかったんだ。応じてくれて嬉しいよ」

「先ほどメッセージをくれたミスターJとは、ロード・ジェフリー、貴方だったのですか？　申し訳ございません。私の人違いでした。失礼します」

敬愛するミスターJがジェフリーではない事は、アレックスに対しての数々の嫌がらせで証明され、まったくの別人という事で、既にマリーの中ではなっている。

素直に謝り引き返そうとしたが、それはジェフリーが柱に手を掛ける事で阻止された。

「人違いとはどういう事だい？」

「……施設にいた頃、お世話になった方と間違えました」

話さなければ帰さないとでも言うように行く手を遮《さえぎ》られ、マリーが仕方なく話すと、ジェフリーは不服そうな顔をする。

「私も君を世話する事に心を砕いていたが？」

「それはもちろん感謝しております。ですが私のミスターJは——」

「毎月二十四日にプレゼントをしていたのに？」

「え……？」

遮るように言われ、マリーは思わずジェフリーを凝視めた。

では、今の言い方では、ミスターJはジェフリーだったというのだろうか？

「とうとうバラしてしまった。言うつもりはなかったのだが、言わなければマリーは信じてくれないだろうからね」

「……貴方がミスターJ……？」

真偽を確かめるよう言葉もなく凝視め続けるマリーに、ジェフリーは笑みを浮かべる。

確かにあの頃のマリーは、ジェフリーこそがミスターJだと信じていた。さりげない優しさでマリーの心を温かくしてくれたジェフリーに、仄かな恋心を寄せるほどに。

しかしパブリックスクール時代はアレックスをいじめ、事業を模倣し、マリーを社交界へ引っぱり出す為に、自らの手は汚さず息のかかった貴族を使う手段に出たジェフリーが、敬愛するミスターJだったなんて。

孤児に分け隔《へだ》てなく接していたジェフリーと、アレックスに対して意地悪いジェフリー。どちらが本当なのか、マリーは混乱してしまった。

「あぁ、こんな話をするつもりではなかったんだ。さぁ、ここに座って少し話をしようじゃないか」

立ち尽くすマリーを東屋の椅子に誘い、自らも隣に座ったジェフリーは、まだ混乱の最中にいるマリーを熱く凝視める。

キャンドルの灯りに照らされたふっくらと大きな胸は、金粉《きんぷん》の混じった白粉《おしろい》が塗り込まれているせいか、艶《なま》めかしい光を放ち、肌の色をより美しく映し出している。今は白くなっている顔色も、キャンドルの揺れる灯りに照らされると絶品の美しさで、ジェフリーが舌なめずりしそうなほどだったが、まだ混乱の最中にいるマリーは気づけなかった。

「劇場で会った時は本当にびっくりしたよ。まさかマリーが施設をもう出ているとは知らなくて申し訳なかったね」

「……いいえ、いいえ……」

「施設を出る時は私が迎えるつもりだったんだ。けっきょくアレックスに先を越されてしまった訳だが……今からでも遅くない。私の屋敷へ来ないか?」

　さっそく本題を切り出され、マリーは弾かれたように顔を上げ、優しい笑みを浮かべるジェフリーを凝視めて首を振る。

「なにを仰《おつしや》るのです。私たちに祝辞をくださったというのに。どうかしています」

「どうかなりもするさ。君の美しさを前にして、おかしくならない男はいないよ。アレックスよりもずっと前から愛していたんだ。どうか私の愛人となり、私の屋敷に住んでくれないか?」

　手の甲にキスをしながら熱く口説かれたが、口唇を寄せられただけでゾッとしたマリーは、逆に冷静になれた。

「……愛人、ですか……?」

「あぁ、そうだ。だがそこを気にしないでほしい。私の家は由緒正しい血筋を守らなければいけないんだ。良家の娘をいずれ娶《めと》る事になるが、心は君に捧げると約束する。金で地位を買った成り上がり者の妻より、由緒ある血筋の私と結ばれるほうが、君にも名誉な事で社交界でもプラスになる筈だ」

　ジェフリーが熱い言葉を募れば募るほど、マリーの心はどんどん醒めていく。

　由緒正しい血がなんだというのだろう。お金で地位を買って成り上がった事がなんだというのだ。社交界で持て囃《はや》される事がすべてではない。ましてや孤児であったマリーは、名誉など欲していない。

アレックスは孤児であったマリーを、なんの躊躇もなく花嫁として迎えてくれた。

ありのままのマリーを欲してくれたのだ。

それに引き替え、地位や名誉や血筋ばかり気にして、マリーを愛人にしようと企てるジェフリーの、なんと浅ましい事だろう。プライドばかり高いジェフリーより、成り上がりのアレックスのほうが何十倍も品性がある。

だからなのか。品性がないからこそ、アレックスの事業を模倣《もほう》して利益を得ているのか。底辺を彷徨《さまよ》う孤児たちを利用して、新聞を使い慈善活動をアピール出来るのか。

品性がないからこそ祝辞をしたばかりで、マリーを愛人として請うのか。

「そのネックレスやイヤリングはたいした物だが、予算を使い果たしたのか……こんな安いブレスレットではなく、私ならもっと高価なブレスレットをプレゼントするよ」

「……ッ！」

手の甲に何度もキスをされ、それを我慢して払い除《の》けずにいたが、今のひと言で思わず払い除けてしまった。

「マリー……？」

「……このブレスレットを安いと仰るのですか？」

「あぁ、気に障《さわ》ったのなら謝ろう。だがそのネックレスやイヤリングに比べて、少々値は落ちる。私ならもっと大粒の真珠のネックレスをプレゼント出来ると言いたかったんだ」

マリーの声が震えているのを、怒りのせいだと思ったのだろう。いや、確かに怒ってはいる。ジェフリーは慌てて取りなそうとしているが、もう遅い。

このブレスレットに見覚えがないという事は、ばかにするという事は、ミスターJではない事が、今はっきりとわかった。

ミスターJから毎月二十四日にプレゼントが贈られて来る事は、きっと孤児やシスターにでも聞いたのだろう。マリーがミスターJを敬愛していた事も聞いたのかもしれない。

やはり思ったとおり、目的の為ならば手段も選ばない最低の品性の持ち主だという事が、よくわかった。

マリーはすっくと立ち上がり、ジェフリーから距離を置き、東屋の出口で振り返り、ジェフリーを強く見る。

「貴方が私のミスターJではない事がわかりました。それと貴方の愛人になるつもりはありません。今までの話は聞かなかった事にします。もう二度と私の前に現れないで」

はっきりと拒絶し、ジェフリーと決別する覚悟で言い切ったマリーは、後ろを振り返らずにその場を立ち去ろうとしたが――。

「待てっ！」

「きゃっ!?」

背中を見せた事が仇《あだ》となった。マリーが立ち去ろうとした瞬間に、ジェフリーは後ろからマリーの口を覆い、腹を抱いて東屋へと引き戻す。

「んっ……んー……っ！」

「くそ、なぜなんだ。なんでアレックスを選ぶっ！　あんな成り上がり者のどこがいいって言うんだ、私のほうが先におまえを見つけたんだ……私に所有権がある筈だ。そうだ、そうに決まっている……」

勝手なこじつけの結論を導き出したジェフリーは、もがくマリーをものともせず、後ろ抱きにしたまま東屋の椅子に座ると、腹を抱いていた手でマリーの身体を確かめるよう撫で回し、行き着いた胸を鷲掴《わしづか》む。

「んー……っ……！」

「柔らかい……あぁ、この胸をずっと揉《も》みたかったんだ……」

施設にいた頃から、お仕着せの薄いブラウスからはち切れんばかりに育っていたこの胸を、こうやって揉みたかったのだと言われ、その時分からそういう目で見られていた事を知り、今さらながらにゾッとした。

しかし抵抗しても恐ろしい力を発揮しているジェフリーからは逃げられず、手から零れんばかりの胸を思う存分揉み込まれ、それだけでは足りないとばかりに襟《えり》から手を差し入れられて、直接揉まれてしまう。

「んんんっ！」

「なんて触り心地なんだ……柔らかいのに張りがあって、しっとり吸いついてくる……乳首も……あぁ、なんていい感触なんだ」

乳首をぐりぐりと押し潰すよう弄られ、乳房も加減もなしに揉まれて、あまりの痛さに涙が出そうだった。

これはそう、まるで孤児のラルフと同じ。己《おのれ》の欲望を満たすだけの、マリーの事など想っていない、自己満足の愛撫《あいぶ》とも呼べないただの暴力だ。

「そろそろ濡れてきたんじゃないか？」

「はっ……やめて！　貴方に触られても痛いだけで、なんとも思いませんっ！」

幾重にも重なったスカートを捲ろうと躍起《やっき》になっているのを幸いに、マリーは渾身《こんしん》の力を込めてジェフリーを押し退け、東屋の入り口の柱に摑まった。

あとはもう後ろを見ずに逃げ出せばいいと心は急《せ》くが、スカートとヒールがマリーの動きを鈍らせた。

「待てっ！　アレックスの下へなど戻さないぞ……私の館《やかた》に一生閉じ込めてやる」

「あっ、いや……！」

またもや後ろから覆い被されて、東屋へ引き戻されそうになったが、身体は持っていかれなかった。むしろ東屋の外へと引き寄せられた。

なぜなら――。

「聞き捨てならないな。一生閉じ込められるのはおまえじゃないか？　ジェフリー」

「確かに。これから婦女暴行の罪で監獄《かんごく》に閉じ込められますからね。同窓生から犯罪者が出るなんて嘆《なげ》かわしい。しかも由緒正しい貴族の子息が……だなんてな」

気がつけばマリーは、眼光鋭くジェフリーを睨むアレックスに守られるよう抱かれていた。そしてその横にはスティーヴもいて、そちらは有無を言わせぬ笑顔を浮かべている。

両極端の表情を浮かべてはいるが、二人から怒りのオーラがたち上っているのが、マリーには見えるようだった。そしてそれはジェフリーにもわかったようで、慌てて後ずさり、そのまま椅子へ尻餅《しりもち》をつくよう座り込んだ。

「待て。違うぞ、誤解だ、アレックス。マリーから誘ってきたんだ」

「ほう、マリーから？」

意外だと言うようにアレックスが眉を跳ね上げた。そしてさらに詳しく訊きたい様子で、マリーをスティーヴに預けるのを見たジェフリーは、勝機を見いだしたように歪んだ薄ら笑いを浮かべて何度も頷く。

「そ、そうだ。元は卑《いや》しい孤児だ。私に乗り換えようと誘ってきた、とんだ売女《ばいた》――」

「それ以上ふざけた事を言ってみろ。社交界どころか貴族にも戻れなくしてやる。生きていたらの話だけどな」

言葉を遮ったアレックスは、怒りに身体を小刻みに震わせながら銃を構え、ジェフリーの眉間に照準を合わせた。そこからゆっくりと銃口を下ろしていき、ジェフリーの口の中へ銃口を突っ込んだ。

「ひっ——!?」

「暴れないほうがいいですよ、ジェフリー。アレックスは本気ですから、ほんの少し動いただけで、トリガーを引いてしまいますから。ちなみに消音器を付けてますから、誰にも気づかれず、この屋敷の庭に埋める事も可能だからな」

事もなげに笑顔で言うスティーヴの様子が、逆に真実味を増しているようであった。

ジェフリーはすっかり恐慌をきたし、椅子に張りついたまま氷のように固まっている。

「オレを陰で侮辱《ぶじよく》するだけでは飽きたらず、よくもオレの前で愛するマリーを侮辱出来たものだな。怒りで手が震えて今にもジェフリー、おまえの頭を打ち抜きそうだ……」

「ううう……っ……」

目を眇《すが》めるアレックスの態度から、本気を知ったのだろう。動けばトリガーを引かれるとあって息をするのも慎重になっているが、銃口など向けられた事のないジェフリーは、あまりの恐怖で歯を震わせ、銃口をカチカチと鳴らす。

「……だが、今日は晴れの席だ。今後、オレたちの事を侮辱したり、妨害したりしないと約束するか?　二度とオレたちの前に現れないと約束するか?」

「んんっ……んん……」

助かる機会を与えられている事を知り、ジェフリーは必死の形相《ぎょうそう》で何度も小さく頷いた。

「誓ってオレたちの邪魔をしないと言うのなら許してやろう」

アレックスはようやくジェフリーの口の中から銃口を抜き、銃を下に向けたが――。

「あぁ、だがマリーに乱暴をした償いはしてもらおうか、懐かしのパブリックスクールスタイルでな?」

アレックスが指を鳴らすと、スティーヴは心得ているとばかりに椅子に張りつくジェフリーに近づき、まだ恐怖に震えているジェフリーからトラウザースとトランクスをあっという間に剝ぎ取り、下肢を情けなく露わにした。

「うわぁっ!?」

慌てて隠すジェフリーの情けない格好を見て、二人はおもしろそうに笑う。

「ははっ！　そんなに恐ろしかったのか？　まるで六年生のように小さく縮んでるぞ」

「いえいえ、元からこのサイズかもしれないですよ」

縮んだ下肢のいちもつをばかにされて、ジェフリーは屈辱を存分に味わった。しかしこれこそがジェフリーがパブリックスクール時代に、弱い者いじめの時にしていた儀式だ。

幸いにしてアレックスとスティーヴは、その頃から弁が立っていたので、この儀式をされた事はないが、弱い仲間がされてきた恨みは忘れていないのだ。ジェフリーもまさかこの歳になって、自分がしてきた儀式をされるとは思わなかっただろう。

「戦利品はおまえの運転手に渡しておくから、招待客でごった返す前に帰るんだな」

「では参りましょうか」

長年の恨みを晴らした事ですっきりした顔をして、アレックスはマリーを包むよう抱きしめて歩き出す。その間、誰もひと言も話さなかったので、訊きたい事は山ほどあったが、マリーも口を噤《つぐ》んでいた。

いや、声をあげる雰囲気ではなかったと言うべきか。抱きしめるアレックスが、まだ怒っているような気配を敏感に察知したのだ。

そのうちに屋敷が近くなると、スティーヴはふと姿を消し、アレックスと二人きりになった。しかしまだ声は発せず、連れていかれるまま二階へと上がり、アレックスの部屋へと辿り着くと、アレックスはとても長い、安堵したような深いため息をつき――。

「……無事で良かった……」

微かに震えた吐息のような声で囁かれ、その瞬間に今までの恐怖や緊張が綯《な》い交ぜになり、足元から震え上がって頽《くずお》れそうになったマリーは、アレックスに強く抱きしめられた。

「……ごめんなさい……」

口から零《こぼ》れた言葉は、感謝よりも謝罪だった。自ら罠に嵌《は》まった事と、心配させてしまった事、あの場所まで捜し回らせてしまったかもしれない事。感謝の気持ちはもちろんあるが、それ以上に心配をかけたかと思うと、申し訳なさに身が縮む。

「ミスターJからの伝言を受け取って、舞い上がってしまって……」

レイ夫人に忠告を受けていたのに一人で庭へ出て、その結果がこれだ。もしもアレックスたちが駆けつけてくれなかったら、いったいどうなっていたか——それを思うと、アレックスが怒っても仕方ないと思う。

「マリーが消えたと報されて、いやな予感がしたんだ」

レイ夫人が気にしてスティーヴへマリーが部屋で休んでいる事を伝え、スティーヴが様子を見に行き、部屋にいない事が判明し、そのうえジェフリーの姿も消えていた事から、必死に捜したんだとアレックスは言う。

「まさかジェフリーがミスターJを名乗るとは思わなかった。あいつも施設へ出入りしてたのに、利用する事に気づかずにいて悪かった」

「いいえ、いいえ。悪いのはすべて私です。ミスターJを知りたくて、考えもせずに動いた私が悪いんです」

考えもなしに動き、けっきょくジェフリーがミスターJではない事がわかり、ジェフリーの品性のなさが露見しただけだった。

「本当にごめんなさい……」

「そんなにミスターJの正体を知りたかった?」

「……はい」

素直に認めると、頭の上でアレックスが長い長いため息をつく。

呆《あき》れられているのがわかって、ますます身が縮む思いでいると、髪にキスを受けた。

「マリーはミスターJを愛しているのか？」

「いいえ、敬愛はしておりますが、愛しているのはアレックスただ一人です」

「時には平気で人に銃を向けるような男でも？」

「私にはアレックスしかおりません。銃を向けたのも、私を守る為だったのに、それで嫌う事などありません」

正直びっくりしたけれどと呟くと、アレックスは苦笑を浮かべる。

使った銃は貿易船の旅で海賊に遭った時の、護身用なのだと教えてくれた。実際に使った事は威嚇《いかく》に発砲するくらいで、それも数える程度しかなく、先ほども弾は込めておらず、消音器が付いていると言っていたのは、スティーヴのハッタリらしい。

思わず驚きに目をぱちくりさせると、アレックスは悪戯が成功したような笑みを浮かべ、マリーの頬にキスをする。

「けっきょく作戦外に銃で脅してしまったが、お陰でジェフリーも二度と変な気は起こさないだろう」

「……無事に帰られたのでしょうか？」

散々な目に遭わされたが、下肢を剝き出しのまま車に戻ったのか少々心配するマリーに、アレックスはあの時の情けない格好のジェフリーを思い出しているのだろう。おもしろそうにクスクス笑う。

「大丈夫だろ。自分がしてきた事をされてみて、どんなに屈辱的な事かよくわかったんじゃないか？　あいつにはいい薬だ。それより、もう震えは止まったな？　最後に招待客を見送る余裕は？」

「出来ます。そこまでが私の仕事だと自覚してます」

気丈に返事をするマリーに微笑んだアレックスは、髪にキスをして乱れを直してくれた。

「いい子だ。さぁ、それではパーティーの幕を下ろしに行こう。終わったらご褒美をあげるから、もう少し頑張るんだよ」

「はい、頑張ります」

別に褒美など期待していないが、しっかりと返事をしてアレックスの腕に摑まり、マリーはあどけない少女の顔から、また淑女の顔になる。

そしてアレックスの最後のスピーチを同じ壇上で笑顔で見守り、招待客たちとの会話をそつなくこなしていく。

恐ろしい目に遭った事などおくびにも出さず、最後の客を見送るまで笑顔を浮かべて、社交デビューと婚約祝いを兼ねたパーティーは、表向き大成功で幕を閉じたのだった。

†　†　†

パーティーが終わったあとの屋敷は、なんだかいつも以上に静かに感じた。

しん、と静まったバスルームで湯を肩にかけると、その音まで響きそうなほどで。

「ふう……」

アレックスより褒美の前に、先に疲れを取るよう湯に浸かる事を命じられ、マリーは杏色《アプリコット》の薔薇の浮いた湯にゆっくりと浸かりながら、ドキドキしていた。

というのも、きっとアレックスは、褒美と称してマリーを抱くのだと思うのだ。

ジェフリーに穢《けが》されたこの胸を清めるよう、丹念《たんねん》に愛撫をされるのかと思うと、湯に浮かぶ胸の頂きが早くも尖ってしまって、マリーは一人赤面する。

これではまるで、マリーのほうが抱かれるのを待ち焦《こ》がれているようだ。

しかしジェフリーの黒い欲望に曝された身体を、アレックスに隅々まで清めてもらいたい気持ちは強く、いつもより念入りに身体の隅々まで洗うと、バスローブを身に纏い、ベッドルームへ移動する。

しかしアレックスの姿はそこになく、その代わりにスティーヴが用意してくれた、ペパーミントとライムのソーダ割りが円卓にセットされていた。

てっきりアレックスが待っているのだとばかり思っていたが、マリーのほうから寝室へ訪ねるのを待っているのだろうか？

そんな事を思いつつ、冷たいソーダで喉《のど》を潤して、湯浴みで火照《ほて》った身体をクールダウンさせていく。

アレックスの寝室へ訪ねていくのなら、淫《みだ》らな夜着だけを身に着けていく訳にはいかない。ガウンを着なければと、ぼんやり思う。

なにしろアレックスが用意した夜着は肌が透ける物ばかりで、とてもではないがアレックス以外の人に見られる訳にはいかない物ばかりなのだ。しかも下着は着けてはいけないとあって、着るだけで身体が火照ってしまうような物ばかりで。

（……やっぱり、アレックスを喜ばせないといけないかしら？）

今日は大いに迷惑をかけた事もあり、アレックスが一番好んでいるが一度も着た事のない、尻が辛うじて隠れる丈の、透けた夜着を着ていこうか？

襟のリボンを解くだけで、肌が露わになってしまうその夜着は、着ても前が開いてしまう形で、肌がたくさん露出しそうでマリーはあまり好まないのだが。

（やだ。私ったら本当に期待してるみたい）

夜着をあれこれ思い浮かべるだけで淫らな気分も高まるようで、ソーダでクールダウンしている筈が、顔が火照ってしまう。

それでもけっきょく思い悩んだ末に、一番最初に思いついた夜着を身に纏い、ガウンを着込んでアレックスの部屋へ訪ねようとした時だった。ノックの音が聞こえ、入室の許可をするとスティーヴが扉を開けた。

「お疲れのところ失礼致します。アレックスより仰せつかって参りました」

「はい、なんでしょう?」

わざわざスティーヴを寄越す意味を計りかねて小首を傾げると、スティーヴは澄ました顔で続ける。

「今からご案内したいところがございます」

「案内したいところ、ですか……?」

「はい。あぁ、ですがそのままの格好で構いません」

屋敷内なのでリラックスした格好で構わないと言われたが、本当にガウン姿でいいのか戸惑った。それになにより気になるのは、アレックスの存在だ。

まずは疲れを癒すようマリーへ命じ、その後に褒美をくれると言っていたのに、どうしてアレックスではなくスティーヴが来たのかさっぱりわからない。

「あの、アレックスは? アレックスにまずは疲れを癒すよう言われたのですが……」

マリーの質問に、スティーヴは苦笑を浮かべ、ため息交じりに呟く。

「仕方のない時間稼ぎをさせてますね。覚悟した割りに往生際《おうじょうぎわ》の悪い……」

「……あの？」

「なんでもございません。とにかく私は今からご案内する場所をお見せする事しか仰せつかっておりません。どうぞこちらへ」

にっこりと笑顔で促され、訳がわからぬままスティーブに付き従っていったのは、屋敷の一階左翼にある自宅用の仕事部屋だった。

来客用の応接室と繋がっている造りらしいが、仕事の為だけのつまらない部屋だと言われ、実はマリーは入室を禁じられていた。

仕事に関しての場を、マリー如きが興味本位で見学するのも憚《はばか》られ、特に疑問も持たずにその部屋には近づかなかったのだが、アレックスが中で待っているのだろうか？

それに果たして神聖な仕事部屋に、ガウン姿で入室してもいいものだろうか？

困ってスティーヴを見上げると頷かれ、誘うように扉が開かれた。

「さぁ、どうぞご覧ください。これがアレックスの仕事部屋です」

一歩足を踏み入れると、そこはとても重厚な雰囲気で統一された部屋であった。

飾り気のない黒檀《こくたん》の大きな執務机が印象的な部屋は、同じく黒檀の書架が設えてあり、濃緑のデスクスタンドとライティングスタンドが部屋のアクセントになっている。

そして執務机の向こう、アレックスが座る黒い本革張りのゆったりとした椅子があるのだが、そこに違和感を見つけ、マリーの足は惹《ひ》きつけられるようその椅子へと向かった。

重厚な部屋の中で一際《ひときわ》異彩を放っているのは、椅子の肘掛けに掛けられた安っぽい赤と白のチェックのストール。元は白かったであろう部分は薄茶に変色してしまっているが、これはそう、マリーの元にあった頃から薄茶に変色してしまっていたのだ。

幼い頃、毎日肩に掛けていたせいで、白さを失ってしまったチェックのストールは、遠い昔、とても綺麗な青年に分け与えた――。

「――ッ！」

マリーはストールに触れた途端に顔を跳ね上げ、扉のところにいるスティーヴを振り返る。するとスティーヴはしっかりと頷き、マリーの鼓動は速くなる。

なんでだろう。なぜ気づかなかったのだろう。あの少年と、アレックスが同一人物だと。

しかし幼い頃の淡い思い出は、孤児のトニーに笑われた事により、忘れようと努力していたせいで、記憶の奥深くに沈めていたのだ。

そして日々の暮らしに精一杯で、いつしかすっかり忘れていたのだが、ストールに触れた瞬間に、記憶が鮮明に甦《よみがえ》ってきた。

「あぁ、アレックスだったなんて……！」

そんな偶然があるだろうか？　いや、偶然な訳がない。アレックスはマリーを忘れていなかったのだ。きちんと覚えてくれていたのだ。

ほんの一瞬、会話を交わしただけの出会いであったのに、アレックスはマリーをしっかりと目に焼きつけてくれていたのだ。

煤《すす》だらけだったマリーを、今まで見た中で一番綺麗なリトルレディだと——聖母マリア様だと褒めてくれた人。

酔っぱらっていたけれど、あの言葉は心からの言葉であったのだ。

その証拠に今でもこのショールは綺麗にプレスされていて、とても大事に扱われている。

それの意味するところは——。

「あれでアレックスは、意外とロマンティストなんですよ。貴女を迎え入れた時、再会を喜んでもらえると思っていたんです」

なのにマリーは初めましてと挨拶した。そうだ、その後アレックスは機嫌が悪くなった。あの時はなにか不興を買うような振る舞いをしたかとドキドキしたものだが、なんの事はない。マリーがすっかり忘れ果てていた事に、アレックスは拗《す》ねていたのだ。

「それでは、私を見初《みそ》めてくれたのも……」

「お察しのとおりです。寄宿舎に帰ってくるなりアレックスはご機嫌で、貴女を自慢していました。とんでもない美人の原石を見つけたと。大きくなったら花嫁にすると、その時から言っておりました。もっとも、少女だった貴女に本気で恋をしたのはもっと後です」

「もっと後……？　待ってください、ではアレックスは私をどこかで見ていた？」

その答えは笑顔でのイエスだった。最初の頃は施設の裏庭でいつも木陰に座っているマリーをこっそり見に行くのを楽しみにしていたアレックスだが、その様子があまりに寂しげなのに気がついたらしい。そしてなにか元気づけたくて、自分の小遣いの範囲で甘い菓子を施設へプレゼントしたのが、七年前の五月二十四日だったとスティーヴが言うのに、マリーは息をするのも忘れた。

「あぁ、なんて事……！」

「大学《ケンブリッジ》へ通う為、ロンドンを離れても毎月二十四日にプレゼントを贈る事だけはやめませんでした。そして大学の休みにロンドンへ戻ってくると貴女を見に行き、美しく成長していく貴女を本気で愛するようになったのです」

しかし本気で愛したといっても、大学生であったアレックスにマリーを引き取るだけの後ろ盾《だて》はなかった。だから大学を卒業し、祖父や父のコネクションを駆使して企業家として出世し、事業が軌道に乗るまで我慢に我慢を重ね、ようやくマリーを迎えられる自信を持つ事が出来たのが、マリーが施設へ留まれる限界のこの年だったとスティーヴは言う。

「引き取るのが遅れた事を、アレックスは申し訳なく思ってました」

「そんな……そんな事ありません」

迎えてくれた事に感謝こそすれ、遅れた事を恨む訳がない。それどころか感謝の気持ちで胸がいっぱいになり、息をするのも苦しい。

閨《ねや》でアレックスも言っていた。事業が軌道に乗ったのは、つい最近だと。

見初めた時期を訊いてもはぐらかしていたのは、九歳のマリーを見初めてから、アレックス自身もいつ恋に落ちたかわからないからか？

それとも、九歳のマリーに恋した事が照れくさかったのか――どちらにしても、アレックスは常にマリーをどこかで見守ってくれていたのだ。

アレックスの本名は、アレックス・J・ウッドフォード。ミスターJとはミドルネームを使っただけで、なにも隠していない。

ミスターJを知らない素振りをしていたが、アレックスにしてはマリーが敬愛しているというのに、あっさりと引き下がっていたのは、惚《とぼ》けていたからか。

「今年の誕生日にプレゼントしたオルゴールとブレスレットは、出会った九年分を埋める為と、貴女を迎える為の特別なプレゼントでした」

そうだ。数えてみればミスターJにもらったプレゼントは、それで九点になったのだ。

それはアレックスが、マリーと出会ってからの年の数だけのプレゼントだ。

「この邸宅を建てる時も、貴女を想って建てていました。貴女の部屋はこの屋敷で一番陽当たりの良い部屋。下働きは最低限の信用が出来る者だけ。薔薇で埋め尽くした庭で長年の苦心が慰められるよう、すべてアレックスが考えて建てたのです」

スティーヴの話を聞けば聞くほどすべての辻褄《つじつま》が合い、まるでパズルのピースが嵌《は》まったようにしっくりと来る。それと同時にアレックスへの愛が身体中から溢れ出して、どう表現していいのかわからないほどで。

「……と、まぁ。本人の口から言えばいいものを、あのロマンティストは存外に照れ屋で、すべて私が打ち明けた訳ですが、マリー様、あの照れ屋を今後ともどうぞよろしくお願い致します。これは親友の私からの願いです」

「もちろんです。あぁ、アレックスは今どこに？」

「今ごろ褒美にすべてを打ち明ける決心をした事を後悔して、自分の部屋で照れているか、拗ねている事でしょう。マリー様が慰めてくださらないと、どうにもなりませんね」

その様子が手に取るようにわかって、思わず二人して笑ってしまった。

どうしてこういう時に限って、照れてしまうのか。しかし妙なところで不器用なところがアレックスらしくて愛おしさが増すばかりだ。

「スティーヴさん、お願いがあります。明日のアレックスの予定はすべてキャンセルしてください。そして起こしには来ないでくださいね？」

「かしこまりました」

恭しく頭を下げたスティーヴを残し、マリーは逸《はや》る気持ちを抑えつつ、アレックスの部屋を足早に目指した。

この胸に感じている今の溢れる気持ちを、どう表現しようか考える余裕は、もうマリーにはなかった。心も身体も魂さえも。すべてがアレックスを欲して止まない。すべてがアレックス一色になってしまい、多幸感に包まれて浮き上がってしまいそうなほどで、ノックをするのももどかしく、アレックスの部屋を訪ねた。

「アレックス」

果たしてアレックスはこの屋敷で初めて会った日と同じ椅子に座っていたのだが、向きはマリーとは反対を向いていた。

まるでマリーを拒絶しているようにも見えるが、拒絶ではない事はもうわかっている。

愛おしさに思わず笑みを深くして凝視めていると、アレックスは拗ねた口調で呟く。

「……聞いたのか？」

「ええ、すべて。すべて聞きました。だからどうかこちらを向いてください、愛おしい人」

「今のオレは最大級に格好悪い顔をしている。マリーに呆れられるくらいにだ。だから見せたくない」

その情けなくも恋に照れているアレックスが、是が非でも見たいのだ。

マリーはアレックスの気を惹くよう、その場でガウンを脱ぎ落とした。

「ならば、最大級に淫らな私をお見せします。アレックスに呆れられるほど淫らな私を。だからどうか私を見て……」

ゆっくりと椅子に近づいていき、それでも背を向けるアレックスの耳が赤く染まっている。それが愛おしくて後ろから抱きしめ、つむじにチュッとキスをした。そして赤く染まる耳にもキスをして、両の胸を自らアレックスに押しつけた。

「私の鼓動が伝わってますか？　アレックスを想うだけでこんなにドキドキしてるのです」

「………」

「お願いです、私のアレックス《マイラブ》。どんな貴方でも私は愛してます。格好いいアレックスも格好悪いアレックスもすべて好き。でなければ本当の夫婦にはなれないと思うのです……そんな風に考えるのは、間違ってますか？」

後ろからギュッと抱きしめて耳朶にくちづけながら囁くと、しばらく動かずにいたアレックスが長いため息をつく。

「オレの情けない顔を見たら後悔するかもしれないぞ？」

「いいえ、後悔などしません。それどころか、いつもより淫らな私に幻滅《げんめつ》されるかもしれません。振り向いてくださらないのは、積極的な私が嫌いだから？」

「ばかな事を。そんな事ある訳ないだろう」

言いながら振り返ったアレックスは、笑顔でいるマリーを見て、してやられたという顔をする。マリーの駆け引きの勝利だ。

果たしてマリーは照れて目許を染めるアレックスを見る事に成功し、溢れる愛おしさに笑みを深くしたのだが、すぐに形勢は逆転してしまう。

「大人の男を手玉に取るなんて、悪い子だ。恋に照れる男を本気にさせたらどうなるか、その身を以て教えてあげよう」

「あ……」

一度見せてしまえば開き直れたのだろう。アレックスは顔を作りながら椅子から立ち上がり、パジャマのシャツを脱ぎ捨てると、マリーを抱き上げて片眉を跳ね上げる。

「これは確かにいつもより積極的だ。いやがっていた夜着に身を包んでいたとは、抱かれるのを最初から期待していた、という事か？」

「そのとおりです……恥ずかしいほど期待していました……」

「ならばご期待に添わなくてはな」

頬を染め素直に認めると、アレックスはようやくいつもの調子を取り戻したかのように、マリーに何度もくちづけをしながらベッドルームへと移動する。そしてキスを続けながらベッドへもつれるように倒れ込み、甘い舌を搦め捕り、吸い上げる。

「んふっ……」

マリーも積極的に舌を絡め、くちゅくちゅと擦れ合わせながらアレックスの舌の感触に酔い、夢中になって吸い上げた。

愛しているアレックスとくちづけていると思えば、それだけで身体が熱くなってくる。心も甘く蕩《とろ》けて、溢れる愛おしさを伝えるよう拙いながらも口唇を食《は》むような仕種をすると、アレックスもマリーを貪《むさぼ》るように息すら奪うほど深いキスを仕掛けてくる。

「んっ……ふ、ぁ……」

どちらが深く愛しているか伝え合うようなキスが延々と続いていたが、先に音を上げたのは、やはりマリーであった。

口の中の感じる場所を舐められる度に、身体がぴくん、ぴくん、と跳ねてしまい、キスだけで上り詰めてしまいそうで、まだキスを続けようとするアレックスから身体を捩《よじ》るようにして口唇を振り解いた。

「は、ぁっ……っ……」

お互いの間に伝っていた銀糸を舐め取り、アレックスは今のキスだけで身体中を桜色に染め上げ、うっとりとするマリーを余すところなく凝視める。

「……あまり見ないでください……」

涙の滲んだ瞳がとろん、と蕩けて、上下している大きな胸の頂きが、薄い布を押し上げて淡い桃色《ベビーピンク》が透けている。

大きな胸ながら色づく面積はとても小さく、少しでも弄られれば途端に淡い睡蓮色《ロータスピンク》に染まり、まさに男を魅了する、男に吸われる為にある乳首だ。

夜着が乱れて垣間見える性感帯である臍《へそ》も、呼吸に合わせ上下する様がマリーのスタイルがいい故に絶品で、さらにその下に続く淡い和毛《にこげ》に守られた恥丘《ちきゅう》も露わにしているが、どこか夢見るようにアレックスを凝視める表情は、どこまでも清純であり、まだまだあどけなさのほうが強い。

熟《う》れた身体とその危うい表情のアンバランスさが、マリーをより淫らに飾り立てているが、もちろんマリーはその事に気づいていない。

「マリー……マリー？　キスだけで気を遣《や》ってはいけないよ。お楽しみはこれからだ……」

「あっ……は、はぃ……」

首筋に顔を埋めたアレックスに、薄い布越しに胸の頂きを摘まれ、夢現《ゆめうつつ》を彷徨っていたマリーは現実に引き戻された。

「ふ、ぁ……あぁっ……」

乳首を優しく爪先で上下につま弾かれ、まるで糸を縒《よ》るように捏ね上げられると、透ける素材のざらつきが響いて、いつもより感じてしまう。

そこへきて乳房も揉み込まれると、もう既に潤んでいる蜜口から、愛液が溢れてきてしまい、子宮がきゅううぅっと縮まるように甘く疼く。

腰も胸を弄られる度にぴくん、ぴくん、と跳ねてしまい、跳ね上げた先にはパジャマ越しに既に硬く張り詰めているアレックスがあった。

「あっ……ん……」

早く欲しいと思っているのは自分だけではない事を知り、マリーは自ら大きく膝を割り、腰を淫らに振りながら、滾《たぎ》るアレックスを擦る。

「ぁ、あ、あ、ん……ふ、あ……あ……」

自分でも呆れるくらい淫らな行為をしている自覚はあったが、止められなかった。シルクのパジャマに秘玉が擦れる快美な感覚も捨てがたく、アレックスを使って自慰に耽っているのか、またアレックスを淫らに誘っているのか——自分でもよくわからぬままシルクを濡らしていると、アレックスも腰を合わせてくる。

「まったく、マリーにはいつも驚かされる……これが気持ちいい？」

「あぁん！　あぁ……あ、あぁっ！　いいの……んっ、気持ちいいの……」

薄いシルク越しの張り出した先端が、秘裂を滑り上がりながら秘玉を押し潰し、すぐに引き返すよう滑り下りていくと、それだけで達してしまいそうなほど気持ち良く、マリーも積極的に腰を使った。

「あぁ……は、ぁ……あ、あぁっ！　あぁんっ！」

まるで幼い子どもに戻ってしまい、泣き出す寸前のような声をあげ、そのくせ腰は淫らに蠢かせるマリーは堪らなく魅力的で、アレックスの嗜虐《しぎゃく》心を刺激する。

「もうこんなにぐしょぐしょに濡らして……いやらしい匂いで酔いそうだ」

「あぁ、だめぇ……そんな近くで見ちゃ……」

思い出したようにマリーは脚を閉じようとするが、その動きを逆に利用されて、膝裏に手を差し入れられ、秘裂を指先で押し広げられる。

「あぁん……だ、だめぇ……！」

指で開かれてしまうと、ぽってりと膨らみ始めた淫唇も捲《めく》れてしまい、蜜口から新たな愛液が溢れ出てしまう。その様子をアレックスに見られていると思うと、恥ずかしいのに気持ち良くなって、蜜口がうねるようにひくつく。

「いいかい、マリー。よく見てるんだよ……今からマリーの大好きな小さなお豆を舐めるよ……ほら、もうすぐ辿《たど》り着く……」

どうやって舐めるかを見せつけるように、舌を突き出すアレックスの動きがあまりにも淫らで、目が離せない。

「あっ……あ、あ……や、やあぁん！」

いやだと言いながらも、舌をわざとひらめかせるアレックスの動きを追い、自らの恥丘を凝視めていると、包皮から顔を出している秘玉にざらついた舌先が触れた。

「あぁん！　やぁん、そんなだめぇぇ……！」

ヌルッと舐められた瞬間に甘い痺《しび》れが背筋を走って身体が仰け反るが、アレックスに拘束されている下肢はびくともせず、さらに包皮を捲るように舐められてしまう。

「あぁぁ……あー……、あー……」

敏感な秘玉は舐められると舌のざらつきまでわかるほどで、触れるか触れないかというギリギリの場所で舌をひらめかされると、もうどうにかなりそうなほど感じてしまって、マリーはいやいやと首を振る。

「だめぇ……んんっ、だ、だめぇ……達っちゃう……もう達っちゃう……」

昂奮に硬く凝《しこ》った秘玉を転がし、すっかり膨らんでしまった淫唇をヌルついた舌が行き来していると、腰がひくひくと痙攣し始めた。

その感触を楽しむようアレックスの舌は自在に動き、マリーが達してしまいそうになると、舌が不意に離れる。

「んんっ……い、いやぁ……」

あと少しで天国の扉を叩けたのに、また地上へと引き戻され、温い快感に身を焦がす羽目に陥り、マリーの身体が波打つ。

物足りなさに思わず指を咬み、自らの手を秘裂へ伸ばすと、アレックスはそれを押し退けるようにしてまた舐め始めた。

「あっ、あぁっ！　もうやあぁ……」

また強い刺激が押し寄せてきて、マリーは指を咬みながら腰をひくつかせる。

焦《じ》れに焦れた身体は熱を帯び、触れられてもいない乳首まで凝るほど感じてしまって、堪らずマリーは自らの指を秘裂に埋めた。

ヌルついた秘裂の熱さにびくっとしてしまったが、一度入れてしまえばあとはもう快感を探る手つきになってしまう。

「ん、ん、ふ……あ、あぁっ、あ……あぁっ！」

アレックスの舌が淫唇をくまなく舐めるのに合わせ、自らの指で秘玉を転がすと、腰が蕩けてしまいそうなほど気持ちいい。

しかしまだ足りない。自分で弄り、舐められる度に気持ち良さの限界を超えてしまいそうになるが、そのさらに奥。蜜口の中が物足りないとひくひくしてしまうのだ。

なのにアレックスの舌は時折蜜口を掠めるだけで、中までは舐めてくれない。それがもどかしくなってきたマリーは、自らの指を蜜口の中へと埋めた。

「ぁっ……ん……入っちゃったぁ……」

自らの中へ指を埋めたのは初めての経験だったが、あっさりとのみ込んでしまった。

想像よりも熱く、弾力のある媚壁は、自らの指だというのに締めつけてくる。

しかし横臥《おうが》した体勢で目一杯指を挿入ても、浅い場所までしか届かず、くちゅくちゅと指を動かしても、逆に身体が飢《う》えてしまうばかりで。

「あん……ん、んっ……んぅ……あ、ん、あっ……」

「オレを押し退けて自慰を始めるなんて、悪い子だ」

「んんん……わないで……」

至近距離でマリーの痴態を余すところなく凝視めるアレックスは、クスリと笑う。

おずおずと指を抜き出し、またくちゅりと音をたてて中へと埋め、指をくにくにと踊らせるだけの拙《つたな》い自慰だ。しかし蜜口が細い指に吸いつく淫猥《いんわい》な動きは、アレックスの目を充分に愉しませているのだが——。

「あ、ん……んっ……ア、アレックス……アレックス……」

「なんだい、いやらしいマリー？」

「た、足りないの……んっ……んぅ、して……アレックスがして……」

普段から激しい指戯《しぎ》を受けている淫壁《いんへき》はこの程度の刺激では物足りず、達する事が出来ない。焦れたマリーは細い指を抜き出し、蜜口を自ら広げてねだるように腰を揺らす。

「オレの指がいい？　くちゅくちゅしてもらいたい？」

「ん、はい……マリーのいやらしいここを……いっぱいくちゅくちゅしてくださぃ……」

自分が今、どんなに淫らな誘い方をしているのか自覚がないマリーは、目と鼻の先で秘所を目一杯広げてアレックスの目を充分に愉しませている事に気づかず、達《い》く事に夢中だった。薔薇色に染まった媚壁を見せつける淫らなマリーは、まさにアレックス好みに成長を遂げたとも言える。

「誘い方もずいぶん上手くなったね。いいよ、マリーがもういやって言うほど感じさせてあげよう……」

「あっ……あぁん……」

揃えた指の硬さと太さを内壁に感じ、ようやく満たされた悦びに背が仰け反る。

指が奥まで届くと、なんとも言えぬ安堵のため息が零れたが、そこからが始まりだった。

「あ、は……あ、あぁ、ん……あ……」

揃えた指がゆっくりと抜け出たかと思うと、すべてが抜ける手前で今度はまたゆっくりと奥へ突き進んでくる。最初はくちゅ、くちゅ、とゆったりとしたテンポで指が出入りしていたが、そのうちにくちゅくちゅと音が絶え間なく聞こえるほどの速さになる。

「あぁぁ……あっ、あっ、あぁ、ん、あっ……」

その速さと奥まで擦り上げる感触こそ待ち望んでいた刺激で、子宮口まで突き上げられる度に、上ずった声があがってしまう。脚は自然と強ばり、より深い快感に身体が逃げてしまいそうになるが、それをアレックスに引き戻され、指がさらに速さを増す。

「あぁっ！　あ、はっ、あ、んんっ……ぁ、あ……達《い》く、達くぅ……！」

粘ついた水音が一際激しくなり、マリーは自らの指を咬みながら絶頂の予感に身体を強ばらせる。そこを一気に追い上げられ、指の出入りがさらに激しくなった瞬間、マリーの腰が不意にびくん、と跳ねた。

「あぁあっ……あ、や、あっ、やあぁぁあっ！」

指先が官能に触れる度、腰が勝手にびくん、びくん、と跳ねてしまう。それでもアレックスは、達した事で指をしゃぶるよう何度も吸い上げる仕種をして狭くなっているマリーの媚肉を擦り続けた。

「やあぁ……ったの……もう達ったのぉ……！」

アレックスの指が行き来する間中、至極《しごく》の絶頂を味わい続けているマリーは、全身を強ばらせて息をするのも苦しげに、ひくん、ひくん、と痙攣する。そこを狙いすまして折り曲げた指を勢いよく引き抜くと、同時にマリーは透明な飛沫《しぶき》をぴゅっと飛ばす。

「あは……は、ぁ……は……っ……」

「思いきり達けたね。潮を噴くほど気持ち良かった？」

まだ呼吸が整わずに上下する臍にキスをすると、それにすら感じて身体を捩りながら、マリーは恨みがましい目でアレックスを凝視める。

「やっ……どうしてアレックスはいつも私が……なにか出しちゃうのを……」

毎回と言っていいほど指淫を受けると潮を噴いてしまうのだが、粗相《そそう》をしているようで恥ずかしくて上手く言葉にする事が出来ず、口ごもってしまったが、アレックスには伝わったらしい。クスッと笑いながら脚の柔らかな部分にキスをして、マリーを凝視める。

「潮を噴くマリーが可愛いからだよ。うんと気持ち良くなければ、潮は噴かないからね。感じてくれてるのがわかって、すごく嬉しいんだ」

「……これって普通の事です、か？」

「もちろん。次は続けて潮が噴けるか試してみよう」

「あっ……待って……待って待って……」

「待たない」

まだ快感の余韻が残っているというのに、下肢をがっしりと拘束されてしまい、すっかり蕩けている蜜口に指をあてがわれたかと思うと、一気に挿入られてしまい——。

「やあぁぁっ……！」

マリーはあられもない悲鳴のような声をあげてしまった。それは自分で聞いても淫らがましい悲鳴であった。そのくらいアレックスの指戯は官能に直接触れ、ともすれば昂ぶる灼熱が出入りする時よりも、感じてしまうのだ。

特に秘玉の裏側にあたる部分を折り曲げた指で擦られると、甘く疼くというより快感の芯を直接弄られているようで、気持ち良すぎてどうにかなってしまいそうになる。

今もアレックスはそこを狙いすましたように擦り上げてくるので、マリーはまた上り詰める予感に涙を浮かべた。

「やぁあん！　あ、ふ……あ、また……達っちゃ……っ……い、達くうぅっ！」

一度達した身体は呆気なく追い上げられ、アレックスの指を吸い込むよう蜜口をびくびくと痙攣させてマリーは達ってしまった。しかしアレックスはマリーが快感の余韻を享《きょ》受《うじゅ》する間も与えず、指の抜き挿しを続ける。

「い、やあああぁ……っ！」

あまりに強烈な快感に、マリーは屋敷中に響き渡るほどの淫らな悲鳴をあげた。それでもアレックスは折り曲げた指で捏ねるように蜜口を掻き混ぜると、その動きに合わせ、マリーはちゃぷちゃぷと音をたてながら、まるで粗相をしたように潮を断続的に噴き上げる。

「やー……っ……あー……やあぁん！　もおやあぁっ……！」

透明な飛沫を噴き上げながら何度も達ってしまい、マリーは本気で涙して肩で息をしながらしゃくりあげる。

「あ、は……はぅ……う、うぅ……」

強すぎる快感は拷問《ごうもん》に等しい事を、マリーは身を以て知った。

もう達きたくないと首を振り、子どもに戻ってしまったように涙すると、アレックスもさすがにそれ以上の指淫はやめて、マリーを慰撫するように身体を包み込んでくれる。

「何度も達っちゃうマリーは最高に可愛い。気持ち良すぎて泣いちゃうのもすごく可愛い」

「ん……ふぁ……は、ぁ……は……」

今までの指戯とは打って変わり、顔中に柔らかなキスをされて身体をギュッと抱きしめられると、愛されている事をひしひしと感じたけれど。

「ア、アレックスの意地悪……」

続けざまに達かされて、まだ下肢が痺れて感覚がないくらいなのだ。恨みがましく睨みつけると、涙に濡れた目尻にキスをされる。

「それはもう知ってるだろう？　マリーが可愛い反応をするからいけないんだよ。可愛いからいじめたくなる気持ちもわかってくれ」

わかってくれと言われても、さすがに従順なマリーでも頷ける訳もなく――。

「優しいアレックスがいいです……」

「ん？　どんなオレも愛しているんじゃなかったのか？　それに最大級に淫らな姿を見せてくれると言ってたじゃないか」

「アレックスはやっぱり意地悪です……」

言質《げんち》を取ったとでも言うようにニヤリと笑われて、やはり睨んでしまうマリーであったが、身体を撫でていたアレックスの手が夜着を捲り、達った余韻で尖っている乳首をクリクリと掠めるように弄び始めると、途端に子宮が甘く疼いてしまい、睨んでいた筈の表情が、また淫らなものに一変してしまう。

「ん、ふ……」

「あまり弄ってもいないのに、こんなに尖らせて……いやらしい乳首だ。いやらしくて可愛くて、男に弄られる為にある乳首だ」

「んんぅ、そんなぁ……」

乳房を包み込みながら乳首に指先で振動を送るよう小刻みに揺らされると、甘い痺れが秘裂にまで響き、媚肉が蠢く。

横臥していても大きさがほとんど変わらない乳房もぷるぷると揺れてしまって、自分で見ていてもいやらしく映る。

「あ、ん……だ、だからです、か……？　だからみんな……ぁ、私の胸を弄ぶのですか？」

「聞き捨てならないな。みんなとは誰の事だ？」

身体をしっとりと合わせながら、胸の頂きをつま弾きつつアレックスが優しく問うてくるのに、マリーはぴくっと感じながらも、なんとか言葉を繰り出す。

「あぅ……ん……孤児のラルフや……ジェフリー様です……けれど、んっ……みんなとても乱暴に弄ってきて、すごく痛くていやでした……」

ジェフリーにまで触られていた事を告白したが、アレックスは怒る事はなく、マリーの頬にキスをしてくれた。

「かわいそうに……触られたのはどっち？」

「……左の胸です……」

消え入りそうな声で答えると、アレックスはすぐに左の乳房に手を伸ばし、尖っている乳首をきゅっと摘む。

「あぁン……！」

「いい声だ。たぶんジェフリーもラルフも同じくらいの力で弄ったろうに、マリーが拒絶していたから、きっと痛く感じたんだよ」

現にオレにいじめられるのは大好きだろうと訊かれ、答えに窮《きゅう》してしまったが、確かにアレックスになら少々乱暴に弄られても感じてしまうのは確かだ。

それはマリーがアレックスを受け容れているからだと教えられた。

「ならば、この身体はアレックスだけに感じるように出来ているんですね？」

「そうだ。マリーがオレを愛してくれてるからだよ」

「……嬉しい……」

こんなに淫らに創り替えられてしまったが、身体が裏切らず、心と直結しているのがなによりも嬉しかった。

アレックスの為だけに、アレックスの前でだけ淫らになるのなら、それでいい。

そう思うと胸が熱くなるほど幸せになれて、なぜか子宮が甘く疼いた。

あれだけ奔放に達ったというのに、心が、身体が、アレックスを求めて止まない。

「あぁ、アレックス……アレックスで私を満たしてください……すべてを忘れるくらいに」

「もちろん。指だけで満足されてたらどうしようかと思ってたところだ。ずっとマリーの中に入りたかったよ……」

ぎゅっと抱きつくと、アレックスもしっかりと抱き留めてくれて、啄《ついば》むようなキスを受けた。それに応えながら膝を立てると、アレックスはパジャマのズボンを脱ぎ捨て、生まれたままの姿でマリーを抱きしめながら、蜜口へと滾《たぎ》る灼熱をあてがう。

「あ、ん……熱い……」

「マリーを想って熱くなっているんだよ……オレも他の女ではこうはならない」

嬉しい事を言いながら、アレックスは蜜口の辺りを行き来していたが、先ほどの指淫ですっかり蕩けて蜜壺と化している淫口は、アレックスがほんの少し力を込めただけで、あっさりとのみ込んでしまった。

「あああぁっ！」

最奥まで一気に貫かれ、マリーの背が弓形になると、そこに出来た隙間に手を差し込み、マリーの腰を浮かせたアレックスは、より深くを目指すように密着してくる。

「あン……ふかっ……」

奥深くまでアレックスをのみ込まされ、中で脈動するアレックスを感じ、胸が迫り上がるようなせつなさでいっぱいになる。震える腕で広い背中にしがみつくと、アレックスも熱く長い息を吐き出し、マリーの腰を掴んでゆっくりと穿つ。

「あ、は……ん、んぅ……ぁ、あ……アレックス……」

ずちゅ、くちゅ、と粘ついた音をたて、媚壁を擦り上げては引き戻していき、抜ける手前でまた最奥へと擦り上げていく。

「ふぁ、あん、あっ……あぁっ！　あぁっ！」

奥をつつかれる度にどうしようもなく淫らな声があがってしまい、声を噛もうとするが、揺さぶるようなリズムで抜き挿しが始まると、もう声になど構っていられなくなる。

みっしりとしたアレックスの灼熱に煽られて、身体が中から燃え上がるかのようだった。指戯の時のような官能に直接触れる鋭い刺激ではなく、内壁全体がアレックスを思いきり締めつけられる悦びで潤うような心地良さがあり、媚肉を擦られると腰が疼いて甘くときめいてしまうのだ。

そのときめきはアレックスへの愛おしさと混ざり合い、身体が悦びに満ち溢れてアレックスを迎え入れる度に、なにかに感謝したくなるような幸せな気持ちでいっぱいになる。

アレックスとの交歓はそれほど気持ち良くて、揺さぶられるままにアレックスの呼吸に合わせて締めつけていると——。

「すごいよ、マリー……とろとろに蕩けて吸い取られそうだ……っ……一度達くよ……」

「あん、あぁん……来て、ん……ふ……」

びくん、と中で跳ね上がるようにして、アレックスの灼熱がかさを増した。その太いので擦られると堪らなくて、マリーの中がひくん、ひくん、と蠢き、アレックスを奥へ奥へと誘うような仕種をする。

それにはアレックスもひとたまりもなかったようだった。マリーの中にいるアレックスがどくどくっと脈打ったかと思うと、速いリズムを刻んでマリーの中を出入りする。

「あぁん、あぁっ、んぁ……あ、アレックス……アレックス……」

「は、ぁ……っ……く、達くよ、マリー……出すよ……中に出すよッ……」

「あん、やんん……ん、ふ……き、来てぇ……！」

「……っ……マリー、マリー……ッ！」

「あ、あぁんっ！」

肌を打つ音が激しさを増し、最奥まで一気に貫いたアレックスは胴震いすると、マリーの中へ熱い飛沫を散らす。

「く……ッ……」

何度も腰を打ちつけては断続的に射精をして、すべてを出し尽くす。その度にマリーはぴくん、ぴくん、と腰を跳ね上げ、蜜口が何度も吸い込むような仕種をし、熱い飛沫をすべて受け止めた。

しかしマリーの痴態を散々見てきたアレックスは、一度射精した程度では萎《な》えず、硬度を保ったまま、吐精の余韻に浸るようマリーの中をゆっくりと掻き混ぜる。

「あぁん……すごぉい……すごいのぉ……」

アレックスが放った事により、さらに滑りが良くなったマリーからは、粘ついた音が絶えず聞こえるほどで、ヌルヌルになった中を出入りするアレックスも、淫壁を擦られるマリーもお互いに気持ち良くなれたが。

「あぁっ……どうにかなっちゃう……」

もう何度も達っているマリーは穿たれる度に身体を波打たせ、どうしようもない快感に啼き、いつしかシーツを掴んで逃げるように身体を捻った。

「オレの前でなら……どうにかなってもいい……さぁ、もっと深く繋がろう……」

「……もっと深、く……?」

今の態位でも充分深く感じたというのに、これ以上に深く繋がれるのだろうか?

ぼんやりした顔で見上げると、マリーが横向きになったのを利用して、アレックスはマリーの左脚を肩に抱え、右脚に跨るような体勢になりまた挿入《いれ》てきた。

「あぁっ……そ、そんなぁ……」

アレックスの左膝がマリーの胸を擦るほどの深い挿入に、マリーは戦き身体を捩ったが、脚を抱えられたままでは、ただ仰け反る事しか出来ず、今までよりも深く刺し貫かれる。

「マリーの恥ずかしいところがぜんぶ丸見えだ……」

「いやぁ……そんな、見ながらくちゅくちゅしちゃだめぇ……」

「いいや。いっぱい見てあげよう……あぁ、胸もいっぱい揺れて気持ち良さそうだ」

一度達した事により余裕のあるアレックスは、抜き挿しをする腰のリズムを繰り出しながら、マリーの痴態を余すところなく凝視める。

慣れない態位に戸惑うマリーは、恥ずかしがれば恥ずかしがるほど中がうねるようにアレックスを締めつけ、深い結合により粘ついた水音が派手になると、桜色に色づいていた身体が昂奮にさらに色づく。

抱えた脚を折り曲げられてさらに深く穿たれると、どうしようもなく感じて、いやいやと首を振るのだが、それがまたアレックスの嗜虐《しぎゃく》心を煽るらしい。

「マリー……マリー？　これがそんなに気持ちいい？」

「んんんっ……だめぇぇ……脚、そんな曲げちゃだめぇ！」

「マリーの恥ずかしいところがいっぱい開くから、気持ちいいんだね……ッ……いいよ、いっぱいいしてあげる……」

脚を折り曲げられて無防備に開く秘所を刺し貫かれると、力が入れられない分、アレックスが出たり入ったりを繰り返すと、ものすごく感じてしまうのだ。

だからいやだと首を振ったのに、アレックスは派手な音をたてて出入りを繰り返すのだ。とんでもなく意地悪で、だけど大好きで、時々子どもに戻ってしまう愛おしい人。

だからこんなにも感じてしまうのだと思えば、マリーもそれ以上は拒めなくて——。

「あぁ、あん、やぁん……ん、んぅ……ぁ、あぁっ！　あぁあっ！」

アレックスが出たり入ったりしているうちに、マリーはまた潮をピュッと噴き上げた。媚壁も絶え間なく収縮し、アレックスを締めつけながら潮を噴くのは絶頂が近い証拠だ。あれほど達ったというのに、まだ達けるこの身体の貪欲《どんよく》さに呆れてしまったが、アレックスもマリーに煽られたように、中でびくん、と脈動し、言葉遊びをする余裕もなくなってきたようだった。ただ息を弾ませ、マリーを穿つ腰使いだけは力強くあった。

「あぁん、あん、アレックス……アレックス……」

上半身を起こすようにキスをねだると、アレックスも身体を屈《かが》めてキスをしてくれる。

舌をくちゅくちゅと絡め合いながら繋がっていると、すべてがひとつになれたような幸福感が身体中から溢れてくる。

そしていつしか呼吸も鼓動もひとつに溶け合い、二人は同じ高みを目指す一対になった。

アレックスが入り込んでくる度に、頭の中で光が弾けるような感覚がして、すべてが白くなっていき、アレックスの存在だけしか見えなくなる。

きっとアレックスも同じようなものだろう。その証拠に額には珠のような汗を浮かべ、息を弾ませながら、ただマリーだけを凝視めているのだから。

「アレックス……あぁ、アレックス……」

「……あぁ、わかってるよ……」

名を呼ぶだけですべてをわかってくれるアレックスは、マリーをしっかりと抱きしめる態位に戻してくれる。それに合わせてマリーもアレックスの腰に脚を絡めると、アレックスの動きがより速くなり、マリーも振り落とされそうな勢いに合わせて腰を使った。

するともっと気持ち良くなれて、身体が浮き上がるような——或いは溶けてしまうような感覚が波のようにどんどん押し寄せてきた。

「あ、あぁん……あぁ、も、達く……も、達くぅ……！」

「……ッ……あぁ、一緒に……マリー……っ……マリー……！」

「あ、や……や、やあぁん……っっ……！」

アレックスが子宮口を突き上げたタイミングでマリーの媚壁が収縮し、アレックスをしゃぶり尽くす仕種をする。それに煽られアレックスもマリーの中へ叩きつけるように、熱い飛沫を浴びせる。

「ん、ん……ふ……」

すべてを出し尽くすまで何度も腰を打ちつけられ、マリーは絶頂の余韻に浸りながらも、アレックスを受け止める。そして快感の波が徐々に退いていくのに合わせ、アレックスの動きもゆったりとしたものになり、最奥に辿り着いたところで身体の隙間がないくらい抱きしめ合い、二人はくちづけを交わした。

すべてがアレックスでいっぱいになっているこの瞬間が堪らなく幸福で、マリーはあまりの嬉しさに胸がいっぱいになり、身体が溶けてしまいそうだった。

しかし実際にはアレックスがしっかりと抱きしめてくれていて、マリーは自分の居場所をしっかりと見いだす事が出来た。

アレックスの腕の中が、マリーのすべてである事の幸せ。

広くて逞しい胸に包まれているだけで幸せになれて、一番安心出来る場所はここしかないのだと心から思えて、まだ速い鼓動を刻む胸に頬を寄せると、髪を優しく撫でてくれる。

「私のアレックス……大好きです……」

心に思った事が思わず口をついて出てしまったが、マリーが照れる前にアレックスは優しいキスをして、身体を包み込んでくれる。

「オレもどうしようもないほど愛しているよ。オレのマリー《マイラブ》」

目尻に頬にキスをされて、くすぐったさに微笑みながら、マリーはしみじみと思い返す。

「私はずっとアレックスの支えがあったから生きてこられたんですね。今にして思えば、私の初恋は、アレックスでした」

「ジェフリーじゃなかったのか？」

意外そうに訊かれたが、マリーはしっかりと首を横に振る。

「いいえ、初めて胸をときめかせたのは、ショールを渡した少年でした。でも醜い私に人を好きになる資格はない気がして、忘れようと努力したんです。あの綺麗な天使のような少年がアレックスだったなんて、再会した時に気づかなくてごめんなさい。そしてずっと私を見ていてくれて、どうもありがとう」

そして花嫁として迎えてくれた事に心からの感謝を込めてキスをすると、アレックスはくすぐったそうに笑いながら、マリーの黒髪を掬《すく》い上げて、髪にキスをする。

「マリーがあの頃のままの純粋なマリーでいてくれたからだよ。オレこそ理想のままに育ってくれて嬉しかった。あぁ、それと……迎えに行くのが遅くなってすまなかった」

すべての経緯をスティーヴ任せにしていたアレックスだが、それだけは自らの口で謝罪したかったのだろう。真摯《しんし》な瞳で謝られ、マリーは何度も首を横に振る。

「いいえ、いいえ……きっと私たちにはそんな時間が必要だったんです。最終的に神様がこうして巡り合わせてくれたのですもの。そうに違いありません」

「……そうだな。うん、そんな気がしてきた」

マリーの言葉を噛み締めるように頷くアレックスを見て、マリーは微笑んだ。

たぶんもっと早く迎えに来てくれたとしても、花嫁として迎えられる事に戸惑っていたと思うのだ。この歳になったからこそ、アレックスのすべてを柔軟に受け容れる事が出来たのだと思いたい。

「すべてがアレックスに繋がっていたなんて、今でもちょっと信じられません。でも、こんな素敵なサプライズなら、大歓迎です。私もどうしようもなく愛してます」

「そう言ってくれると嬉しいよ。オレのマリー……」

どちらからともなく口唇を合わせ、何度も何度も啄《ついば》むようなキスをして、おでこをくっつけ合い微笑み合う。

それだけで途方もなく幸せで、いつまでもこうしていたかったが、若い身体はまだまだお互いを欲して、それから二人はまたシーツの海へ沈み、夜が明けるまで何度も何度も愛し合ったのだった。

第六章　ブルーダイヤのエンゲージ

主食堂《メインダイニング》のテーブルに、ウェッジウッドのオスタリーシリーズによく合う薄桃色《ベビーピンク》の薔薇《ばら》を飾り、紅茶はマリーがお気に入りのウバを準備していると、ちょうどいいタイミングでクレールが焼きたてのスコーンを載せた三段トレイを運んでくる。

「お待たせ！　今日のミニケーキは杏《あんず》のタルトだよ」

「ありがとう、クレール。杏のタルトは大好きよ。スティーヴを呼んできてくれる？」

アレックスが仕事で外出するようになってからの午後のお茶《アフタヌーンティー》の相手は、もっぱらクレールとスティーヴなのだ。

レイ夫人を呼んだり呼ばれたりする事も多いが、今日は主従の垣根がほとんどないウッドフォード家だけの午後のお茶だった。

「それには及びません。いい香りにつられて参りました。後は私がいたしましょう」

「どうもありがとう」

マリーが席に着くと、クレールがテーブルの中央に三段トレイをセッティングし、スティーヴがルビー色をした紅茶を給仕してくれる。そして改めて三人で席に着き、午後のお茶が始まった。

ウッドフォード家あげてのパーティーを開催してから一週間。マリーを取り巻く日々は穏やかにすぎていた。

変化があったとすれば、九歳の頃に出会った少年がアレックスであり、それ以来マリーを見守り続けてくれていて、ミスターJを名乗り数々のプレゼントを贈ってくれていた事がわかり、以前にも増してアレックスが愛おしくなった事くらいか。

しかしそれにより、心から愛されている自信が湧き、マリーの美しさは以前より輝きを増し、淑女《しゆくじよ》としての嗜《たしな》みも身についた事で、洗練された美女に変貌《へんぼう》を遂げていた。

もちろんマリー自身はその事にまったく気づいていないのだが。

「マリー、最近どんどん綺麗になってくね。僕、ドキドキしちゃうよ」

「やだ、突然なに?」

ちょうどスコーンをふたつに割って、クローテッドクリームを付けていたマリーは、つくづくといった様子で言うクレールにクスクス笑う。

「いえいえ、クレールがそう思うのも頷けます。マリー様は本当にお美しくなられました。

執事として仕える私も光栄です」

「これもアレックスと愛し合ってるお陰だね。二人の結婚式が待ち遠しいなぁ～」

「う……」

スティーヴにまで紅茶を飲みながら平然と言われ、クレールは早くも結婚を持ち出し、マリーはとうとう赤面した。

いずれは結婚してアレックスの花嫁になるつもりだが、そこまで期待されても困る。だいいち、まだアレックスからプロポーズを受けていないのだから、結婚はまだまだ先の話だと思うのだ。

ようやくアレックスが見初めてくれた理由がわかったばかりなのだ。まだその幸せを噛み締めているだけで充分だ。

「結婚はまだ先よ……たぶん。それにこれ以上、幸せな事が起きたら倒れちゃうもの」

大いに照れながらスコーンを口にするマリーを見て、二人は優しい笑みを浮かべる。どんなに美しくなっても、本質は変わらないマリーを二人も愛しているのだ。もちろん、家族を想うのと同じ愛だが。

「お、ちょうど午後のお茶の時間だったか。いい時に帰ってきたな」

「ディーノさん、お疲れ様です。こちらに来て一緒にお茶をいかが?」

仕事の途中で寄ったのか、大きな箱を抱えてやって来たディーノにお茶を勧めると、ディーノは椅子に座ってホッと息をつき、マリーに手をひらひらさせる。

「いや、オレはコーヒーがいいな。クレール、コーヒーを頼む」

「もう、たまには紅茶にすればいいのに……」

「こんな重い箱をわざわざ菓子屋から持ってきてやったんだからいいだろ？」

「仕方ないなぁ。ちょっと待ってて」

ぶつぶつ文句を言いつつも、クレールはディーノの為にコーヒーを淹《い》れにキッチンへ向かった。どうやらその大きな箱にクレールは借りがあるらしく、マリーの視線は自然とその大きな箱に注がれる。

「ディーノさん、その大きな箱はなんですか？」

「あぁ、これか？　これはほら、お嬢ちゃんのいた施設に送ってる二十四日のプレゼント。今月はクレールの当番で、菓子屋からオフィスに連絡が入って持ってきたんだ」

「えっ……!?」

マリーは思わず大きな目をぱちくりさせて、ディーノを凝視《みつ》めた。毎月二十四日のプレゼントがまだ行われている事にびっくりしたのだ。

「まだ孤児たちにプレゼントを続けてくださってたんですか!?」

マリーの為に始めてくれた毎月二十四日のプレゼントは、孤児たち全員が楽しみにしていたのだ。マリーを引き取った途端にやめないところがアレックスの優しさを表しているようで、胸が熱くなった。

それにきっとクレールがこの前、珍しく出かけていたのは、この菓子類を注文しに行ってたからだったのだ。

「アレックス一人がプレゼントを決めていると、どうしても偏《かたよ》った物になりがちですからね。そのうちに私たちも参加するようになって、順番に選んでたのです。クリスマスイヴのプレゼントは、もちろんアレックス自ら贈ってましたが」

「そうだったのですね……」

そう言われてみれば、最初は甘い菓子類が多かったが、そのうちに本や玩具が贈られてくるようになってきたのだった。

「本を贈ってくださってたのは、スティーヴさん？」

「ええ、芸がありませんが」

「そんな事ありません。みんな喜んで回し読みしていました。玩具を贈ってくださったのはディーノさんで、お菓子はアレックスとクレール？」

「よくわかったな、お嬢ちゃん。まったくそのとおりだ」

贈り物にそれぞれ個性を見つけて言い当てるマリーにディーノは感心しているが、一緒に暮らしていれば、すぐにわかる。それでも言い当てた事にマリーはにっこりと微笑んだ。

「どのプレゼントもみんな喜んでいました。毎月二十四日は孤児たちにとって、特別な日なんです。続けてくれて本当にどうもありがとう」

「お礼ならどうぞアレックスへ。私たちは好きで手伝っているだけですから」

「そうそう、子どもに戻って好きなだけ買い物出来るのも楽しいしな？」

まったく気負わずに言う二人に頷いたマリーは、一刻も早くアレックスに会いたくなった。この溢れんばかりの感謝の気持ちと愛情を、今すぐにでもアレックスへ伝えたい気分になってしまったのだ。

「ディーノさん、アレックスは定時に帰ってきますか？　それとも、今日は遅くまでお仕事ですか？」

そわそわしながら訊くマリーを見て、片眉を上げたディーノは、ニヤリと笑う。

「今日は商談があと三件入ってる。それが終わり次第帰ってこられるが……どうせならお嬢ちゃん、オレたちのオフィスへ行ってみるか？」

「えっ!?　オフィスへ？」

「そう。働いてる時のアレックスはそりゃもう格好いいぞ？　また惚《ほ》れ直しちまうぜ？」

からかわれてるのがわかって、マリーは頬を染めた。

それは確かに働いているアレックスを見てみたい気持ちはあるが、神聖な仕事場にマリーが行ったら、きっと邪魔をしてしまうと思うのだ。

「行きません。私が行ってお仕事のお邪魔をする訳にはいきませんもの。ここで待っていてお出迎えするのが私の仕事です」

きっぱりと言い切るマリーに揺らぎはない。

本当のところを言えば見てみたいが、ぐっと我慢をしてディーノを見ると、意外そうな顔をしたディーノはそれからニッと笑ってマリーの頭を撫《な》でる。

「もうお嬢ちゃんって呼べねぇな。立派な女主人だ」

「私なんてまだまだです。あ、でも……待っているから早く帰ってきてくださいってアレックスに伝えてくれますか？」

「了解。お嬢ちゃんが会いたがってるって知れば、アレックスは飛んで帰ってくるぞ」

その点ではアレックスのほうが子どもっぽいと言うディーノに、スティーヴまで同意して、思わず三人で笑っていると、クレールがコーヒーを持って戻ってきた。

「なになに？　僕がいない間になにかおもしろい事あったの？」

「なに、いつもの事だよ。お嬢ちゃんにかかるとアレックスは子どもに戻るってな」

「あー、わかる！　アレックスってば本当に子どもっぽいところあるよね～」

見た目が子どもっぽいクレールまでアレックスを子どもだと思っているのかと思うと、一緒に笑ってしまったにも拘わらず、なんだか反論したい気持ちになってきた。

「もう、みんなひどいです。私のアレックスはすごく大人で格好いいです！」

言い切った瞬間にハッと我に返ったが、みんながマリーを注目していて――。

「いや～、まいった。こうも堂々とノロケられるとなぁ」

「ホント。マリーってば、アレックスの事、大好きなんだね～」

口々にからかわれて、マリーはこれ以上ないほど真っ赤になった。

確かに格好いいとは思っているが、それを口にするつもりはなかったのに、つい口が滑ったというか、いや、本当に思っているからこそ口に出てしまったというか、とにかくアレックスは洗練された大人だという事を主張したかっただけなのだが、そんな風にはやし立てられたら、どう返していいのかわからない。

「もう、みんな知りませんっ！」

つん、とそっぽを向くマリーを見て、ディーノとクレールはますます笑う。

二人はマリーがそういう素《す》の表情を見せるのが嬉しいのだ。だからついからかうのだが、当のマリーにわかる筈もなく。

「ごめんごめん。そんなに怒らないでよ～」

「そうそう、お嬢ちゃんの気持ちはよ～くわかったから、伝言はしっかり伝えとくな」

コーヒーを飲み終えたディーノは、それからすぐにオフィスへ戻っていった。

しかしまだクレールはにこにこ笑っているので、マリーは照れくさい気分を充分に味わったのだが、その中で唯一普段どおりにお茶を楽しみ、普通に接してくれるスティーヴだけが、マリーにとって心の拠《よ》り所であった。

† † †

夕刻になり、ディーノの伝言がしっかり届いたのか、アレックスは定時に帰ってきた。

「おかえりなさいませ。アレックス、お仕事ご苦労様でした」

「あぁ、ただいま、マリー。なにやらディーノが、マリーが早く会いたがっているからと言うので、飛んで帰ってきたよ」

笑顔で出迎えるマリーに、いつものように頬にキスをして口唇にもキスをしたアレックスは、皆の予想どおりの反応を返して、マリーを抱きしめる。

機嫌がいいのはけっこうな事だが、皆にそんなアレックスを見せるのはちょっと癪《しゃく》で、マリーは抱きつきながら耳許でこっそりとお願いする。

「早く二人きりになりたいです」

「あぁ、オレもちょうどそう思っていたんだ」

「……なんでですか?」

不思議に思って小首を傾げると、アレックスはウィンクで返してきた。

「それは二人きりになってからのお楽しみだ。スティーヴ、オレたちの夕食は当分先だ」

「かしこまりました」

恭《うやうや》しく頭を下げたスティーヴを残し、二人はアレックスの部屋へと移動した。

「さて、先にマリーの話を聞こうか?」

並んでソファに座ったアレックスは、マリーの髪を掬《すく》ってキスをしながら訊いてくる。

「はい、あの、孤児たちにまだ毎月二十四日のプレゼントを続けてくださって、どうもありがとうございます。それを知って、アレックスにすぐにでも会いたくなって、ディーノさんにお願いしたんです。本当に嬉しくて……」

「あぁ、その事か。なんだかやめるキッカケをなくしたというか、マリーがそのほうが喜ぶかと思ってな」

「はい、とても嬉しいです。アレックスをより愛してしまったほど……」

アレックスの肩に頭を預けながら、マリーは目許をほんのりと染めて告白した。するとアレックスはマリーの肩を、まるでピアノを弾くような指の動きで玩《もてあそ》ぶ。

「お礼はマリーからのキスでもらおうか?」

「それでよろしいなら、いくらでも……」

顔を寄せてきたアレックスに、マリーは首にしがみつきながら、何度も何度も啄《ついば》むようなキスをする。そしてそのうちに触れるだけだったキスは本格的なものになり、お互いに舌を絡め合うキスへと変化した。

「んふ……ん……」

舌と舌を擦り合わせ、愛情を伝え合うようなキスを続けているうちに、マリーの身体から力が抜けてしまう。しかしアレックスはそれをしっかりと抱き留め、さらに深いキスを仕掛けてきて——。

「ぁっ……ん、んっ……」

マリーも夢中になってキスに応え、アレックスの舌に吸いつくが、口腔《こうこう》の中の感じる箇所を舐められると、もうだめだった。あとはアレックスのキスを受けるだけとなり、うっとりとしながらキスを享受《きょうじゅ》していたのだが——。

「ん……ん……?」

いつしか首にしがみついていた手がアレックスのシャツを握りしめていたのだが、その指になにか冷たい物が触れた。思わずびくり、と指を握りしめたマリーであったが、指に触れる冷たさは消えない。しかしそのうちに冷たさはなくなり、肌に馴染むように違和感がなくなった。それを不思議に思いつつキスを受けていたのだが。

「ふ……」

アレックスがチュッと音のするキスを最後に離れたのを機に、ぼんやりとしながら指を見てみると、左の薬指にはマリーの瞳と同じ色のブルーダイヤの指輪が嵌《は》まっていた。

「これは……」

「愛しているよ、マリー。どうかオレと結婚してほしい」

左手を恭しく取られ、手の甲に長いキスを受けた。その薬指にはキラキラと光るブルーダイヤの指輪。そう、それはアレックスからの婚約指輪のプレゼントだったのだ。

「アレックス……！」

あまりの嬉しさに抱きつくと、アレックスは声をあげて笑い、マリーを抱き留める。

「ははっ！　マリー、返事をまだ聞いてないよ」

「そんなの、答えはもちろん『イエス』です！　どうか私をアレックスのお嫁さんにしてください」

嬉しさに目尻に涙を溜めながら応えると、アレックスはおでこをくっつけてきた。

「後悔しないかい？」

「しません」

「閨《ねや》で意地悪をして泣かせても？」

「意地悪されるのも好き、です……」

「そのうえヤキモチ焼きで、マリーを独占するが？」

「私だってヤキモチ焼いちゃいます。アレックスを独占します」

「ならばお互い気持ちは一緒だな」

「はい……はい……」

とうとう涙して何度も頷くと、アレックスは涙を吸い取るように頬にキスをしてくれる。

それが嬉しくて抱きつくと、背中を優しく撫でられる。

「ありがとう、マリー。オレを受け容れてくれて」

「そんなの……私のほうこそ……」

異形の姿を気にする事もなく、花嫁として迎え入れてくれるなんて、なんて心が広くて優しい人なのだろう。きっとこんな人には、もう二度と巡り会えない。

ショールを渡したあの日から、今日までが続いているのかと思えば、いろいろな思いが駆け巡り、また新たな涙が溢れてくる。

「そんなに泣いたら目が溶けてしまうよ」

「嬉しい涙ならいいんです」

泣き笑いをして見上げると、アレックスは目尻にキスをして涙を吸い取ってくれる。その優しいキスを受けているうちに、マリーはまたアレックスに寄り添い、指に嵌まった指輪を改めてというように凝視める。

指の細いマリーに合わせたシンプルな白金《プラチナ》の台座に、大きすぎずかといって小さすぎる事もない、マリーの指にぴったりと合ったブリリアントカットされたブルーダイヤの指輪は、見ているだけで幸せになれた。

「ミスターJからの真珠のブレスレットと、このブルーダイヤの指輪が私にとって特別な宝石になりそうです」

「同じ色の宝石ばかり贈って芸がないが」

「そんな事ありません。レイ夫人に聞きました。結婚式の時になにか青い物を着けていると、幸せになれるって。だから絶対に幸せになれます」

指輪を大事そうに手の中へ包み込み、マリーはにっこりと微笑んだ。

マリーの瞳の色に合わせた薄蒼色《アイスブルー》のブルーダイヤの石言葉は、オールマイティ。なんでもそつなくこなしてしまえるという意味では、まさにアレックスを表しているようで、この指輪を着けている事でアレックスを常に傍へ感じていられる気がした。

「あの時、私を見初めてくれて、どうもありがとう。どうかこれからも私をアレックス好みに染めてください」

「嬉しい事を。よし、そうと決まれば婚前旅行だ。実は今日、スペンサー公からウィンダミアの荘園邸宅《マナーハウス》への招待状が届いたんだ。マリーに是非とも会いたいってね。今週末にでもお邪魔しよう」

「はい、私もスペンサー公にお会いしたいです」

涙を浮かべながらも笑みを浮かべると、アレックスは涙を口唇で吸い取り、そのままキスをしてくれる。

少ししょっぱいキスであったが、マリーにとって忘れられない、今までで最高のキスに酔いしれながら、心は早くもウィンダミアへと飛んでいた。

エピローグ　エターナル・ラヴァーズ

イギリスの北西部に位置するウィンダミアは、その町の名と同名の大きな湖を中心とした湖水地方の玄関口で、のどかでなだらかな丘がどこまでも続く、緑溢れる避暑地でもある。

今の時期はまだ肌寒いが、菜の花の丘と牧草の丘がグラデーションのようになり、とても見事な景観が広がっている。

「マリー、あまり風に当たると冷えてしまうよ。これからいくらでも見られるんだから、そろそろ窓を閉めたらどうだ?」

「ええ、でももう少し。本当に美しくて……」

ロンドンのグレーの石造りの街並みしか知らないマリーにとって、初めて見るウィンダミアの景色は見飽きないほど美しかった。

空はどこまでも青く澄み、牧草の丘と菜の花の丘のコントラストの中に、点々と白く見えるのは羊の姿。それに所々に建つ焦げ茶に白いアクセントが入った木の家も可愛らしく、湿った緑の青い香りも素敵で、同じイギリスとは思えないほど心休まる景色だった。

「そろそろウィンダミア湖が見えてきます。まずはウィンダミアの町で昼食を摂り、それから午後二時にスペンサー公がウィンダミア湖に舟の迎えを出してくれています」

「舟！　舟に乗るんですか!?」

マリーにとって、また初めての経験になる舟に乗るというスティーヴの言葉に、マリーは興奮してアレックスの膝に手を置く。

「あぁ、この辺りは湖だらけだからな。スペンサー公の荘園《しょうえん》は、舟に乗ってそれからまた車に乗ってようやく到着だ」

アレックスの話によれば、スペンサー公の荘園邸宅《マナーハウス》は、ニアソウリーというのどかな村にあるのだと言う。そしてピーターラビットのような兎がたくさんいるのだそうだ。

車で行けない事もないが、そうするとウィンダミア湖を半周ほど走らなくてはならず、何時間もかかってしまうから、舟で渡ったほうが早く着くらしい。

「ピーターラビットのお話は大好きです！」

「ピーターラビットに会えるといいな。あぁ、だが、夕食に会うかもしれないな」

「え……夕食に？」

途端に悲しげな顔をするマリーを見て、アレックスはプッと噴《ふ》き出し、頭を撫でながら、窓を閉めてしまい、風ですっかり冷たくなった身体を抱き寄せた。

「スティーヴ、スペンサー公の船頭に、マリーは兎料理が苦手だと伝えておいてくれ」

「かしこまりました」

笑いを含みながらも頷くスティーヴに、マリーはホッとしてまた景色に目を向けた。

今度は針葉樹の森に入り、その向こうに湖が姿を現した。よく澄んだ湖の水面には、青空が鏡のように映り込んでいる。

「素敵……湖ってこんなに綺麗なんですね……」

「今日のマリーは感動しっぱなしだな。婚約旅行だ。たまにはオレも見てくれ」

「ちゃんと見てます。見てますけれど……」

マリーにとってなにもかもが素敵に映って、ついアレックスより景色に目が行ってしまうのだ。その代わりに手を繋いでいるのだから、許してほしいと思う。

「さぁ、予約しているレストランに着きますよ。そこで私もご一緒させて戴きまして、湖までご案内したら、私はしばしのお別れです」

「スティーヴさんは一緒に来られないんですか？」

てっきり一緒に行くものだとばかり思っていたのだが、そうではないらしい。

「留守を預かるのも執事の仕事です。婚約旅行はどうぞお二人でお楽しみください。その代わり、月曜には迎えに来ますので、帰りたくないと言われても連れて帰りますよ」

冗談めかして言われたが、確かにここで数日過ごしたら帰りたくないと思ってしまうほど、可愛らしい店が建ち並ぶ町並みであった。

焦《こ》げ茶の木の家には窓辺に色とりどりの花が飾られており、こぢんまりとした土産物屋や商店が建ち並んでいて、食後の散歩をするにはちょうど良いくらいの小さな町だ。

そこで予約をしていたレストランで食事をし、マリーは湖水地方の名物デザートで、デーツプディングの上に熱々のトフィーソースがかかり、バニラアイスがこんもり盛ってあるスティッキートフィープディングが気に入って、デザートまで綺麗に食べてしまった。

しかし食べすぎてしまったようで、少しだけ気分が優れなくなってしまった。

それでも町を散歩しているうちにすぐに気分も良くなり、土産物屋を二人でひやかしつつそぞろ歩いていると、アレックスがなにかを見つけてマリーを振り返る。

「マリー、トフィーバーを食べた事があるか？」

「いいえ。どんな食べ物ですか？」

「先ほどのデザートにも入っていたチョコレートとキャラメルの中間みたいな甘いお菓子だよ。そこにトフィーショップがある。みんなの土産に買っていこう」

「あっ、待って。アレックス！」

先ほどとても甘いデザートを食べたのに、まだトフィーを買いたがるアレックスは、なんだか子どもに戻ったようだ。

施設へ甘い菓子を贈ってくれていたのも、子どもの頃に戻って選んでくれていたからなのかもしれない。

そんなアレックスが可愛らしくて、少し笑ってしまったが、マリーもショップに飾られている、モザイク模様がとても綺麗で美味しそうなトフィーを見たら感激して、二人して夢中になって買い物をした。

そしてスティーヴに湖まで送られ、いよいよオーク材の小舟に乗る事、十数分。

ゆらゆらと揺れる絵本に出てくるような舟にもっと乗っていたかったが、あっという間に着いてしまい、そこからまた迎えの自動車に乗り込みさらに十数分で、スペンサー公の荘園邸宅へと辿り着いた。

「ようこそ、私の荘園邸宅へ」

「お招き戴きまして、どうもありがとうございます、スペンサー公。今回は私とマリーの婚約記念旅行に参りました」

「おぉ、そうかそうか。ならば今夜は祝杯を挙げなければな。マリーもよく来た。疲れなかったかね？」

「いいえ、スペンサー公。とても美しい場所で疲れている暇《ひま》もありませんでした。こんなに素敵な場所にお招きくださって、どうもありがとうございます」

スカートを摘んでお辞儀をすると、スペンサー公は顔を綻《ほころ》ばせて何度も頷き、まずは歓迎のお茶を供《だ》してくれた。

それからしばらくはお互いの近況を報告し合って、楽しくお茶を飲んでいたのだが、そのうちにスペンサー公の事業の話になり商談が始まったので、マリーは庭を見せてもらうよう頼んで、一人で庭へ出た。

「本当に素敵……」

風が木の葉を揺らす音だけしかしない広い広い庭は、見える場所すべてがスペンサー公の荘園という事だった。羊がいる遠くの牧草地も菜の花畑もスペンサー公の所有らしい。

マリーはとてもリラックスして大きな伸びをすると、まずは薔薇園《ばらえん》に沿って歩いていき、見事に咲く薔薇を楽しみ、それからもう少し足を延ばして森の中へと入ってみた。

森といっても綺麗に整備された森で、乗馬用の道なのか、柔らかい草の道が出来ており、迷う事もなく一本道を歩いていくと、森は不意に拓《ひら》けてウィンダミア湖よりもかなり小さな湖に辿り着いた。

「素敵……！」

森に囲まれた湖は近づいてみると、どこまでも透明な水の底に、様々な色の石が見えた。

マリーは堪らず靴《くつ》を脱ぐと、スカートを持ち上げて足を浸してみた。

冷たい水の感触と丸い石のごろごろした感触を楽しんだり、足で水を蹴ってみたりして、思う存分堪能《たんのう》すると、草地に戻って木陰で風の音に耳を傾けた。

見上げてみれば、どこまでも澄んだ青い空が広がり、とても幸せで贅沢《ぜいたく》な気分に浸る。

施設から見上げた空は青灰色《ブルーグレー》をしていて、まるでマリーの心情のようにいつも曇《くも》って見えたが、アレックスと再会した時から、空の色はどこまでも澄んでいたように思う。

それほどアレックスとの再会は、マリーに劇的な変化をもたらした。

コンプレックスであった容姿をあまり気にしなくなったのも、アレックスのお陰。

引っ込み思案であった自分が、淑女《しゅくじょ》としての嗜《たしな》みを勉強させてもらい、社交術を覚えられたのもアレックスのお陰。

外出するのが恐くなくなったのも、鏡を見ても嫌気がささなくなったのも、すべてがアレックスのお陰だ。

そう思うと今すぐアレックスに会いたくなってしまい、そんな自分に呆れつつも、アレックスの元へ戻ろうとした時――。

「ん……」

立ち上がろうとした瞬間、不意に目眩《めまい》と軽い吐き気に襲われた。慌てて木陰に座り直し、マリーはホッと息をついた。

(なにかしら、急に……)

身体を楽にしたら、すぐに目眩は治まり、胸のむかつきも徐々に消えてきた。

慣れない土地へ来て、乗り物にたくさん乗って昼食も残さずに食べて、はしゃいだせいだろうかとも思ったが、よく考えてみると——。

「……もしかして……」

マリーは自分のお腹に手をそっとあてて、今はまだ平らなお腹をジッと凝視《みつ》める。

そう、よく考えてみたら先月から月経が来ていないのだ。そこへ来てこの胸のむかつき。

もしかしてもしかしたら——。

「マリー？　どこだ？　マリー？」

遠くから自分を呼ぶアレックスの声を、マリーは木陰に座ったまま呆然と聞いていた。

するとほどなくしてアレックスが姿を現し、裸足のマリーを見て微笑む。

「裸足になって湖に入るなんて、どこの淑女だい？」

「だって綺麗で透明で冷たくて、とても気持ち良かったんですもの……」

「ん？　顔色が悪いな。湖にどれだけ足を浸していたんだ？」

「ほんの少しだけです。それよりアレックス」

「ん……？」

アレックスはマリーを抱き上げて座り直し、広い胸の中へマリーを包み込んでくれる。

温かな腕の力強さにマリーは安心して、アレックスにもしかしたらの可能性を、そっと耳打ちした。そしてドキドキしながら見上げてみると、アレックスは驚きに目を見開き、それから嬉しそうにマリーを抱きしめて――。

「よくやった、マリー！　スペンサー公に頼んで医者を呼んでもらわなければ」

「そ、そんな大袈裟《おおげさ》です。まだそうかわからないですし……」

「だからこそ医者が必要なんじゃないか。あぁ、この喜びをどう表現したらいいのか」

「ん……」

避ける間もなく顔を寄せられて、掠《かす》め取るようなキスを受けた。それからマリーが拒まないのを確かめ、またくちづけられる。

口唇を食むように何度も優しく啄まれているうちにキスはどんどん深くなり、アレックスの舌がマリーの口唇をそっと舐める。

「んっ……ふ……」

くすぐったさに思わず鼻を鳴らして口唇を開くと、舌が探るように潜り込んできて、舌先だけをそっと合わせられた。その瞬間、背筋に甘い痺《しび》れが走り、マリーが咄嗟《とっさ》に逃げようとすると、今度は強引に搦《から》め捕られ、思いきり吸われた。

「んふ……ん、んっ……」

まるで想いの丈《たけ》を伝えるようなくちづけに、マリーはアレックスのシャツを摑んで抗議したが、弱々しく叩いただけではアレックスは止まらなかった。

もっと深く。時には浅く。マリーの身体から力が抜けてしまうまで延々と続けられた。

「……おっと。つい嬉しくてやりすぎてしまったか。気分はどうだ？」

「ん……大丈夫です……大丈夫ですけれど、少しこうやって抱きしめていてください」

「そんなのお安い御用だ」

しっとりと抱き合うだけで幸せになれて、マリーもアレックスにギュッと抱きつく。

安心出来る腕の中に包まれているだけで、不思議と胸のむかつきは治まり、アレックスが喜んでくれた事で、少しだけ不安だった気持ちもどこかへ行ってしまい、幸せな――とても幸せな気分に浸りながら、風の音を聞いていたのだが、ごく自然と陽の光を弾《はじ》く見事な銀髪にキスをした時だった。遠くから教会の鐘の音がのんびりと響いてきた。

「……この素敵な髪に触れたくて触れられなかったんです」

「うん？　いつの話だい？」

「幼い頃の話です。あまりにも綺麗で触れてみたかったんですけれど、触れようとした時に鐘の音が響いて、咄嗟に逃げたんです」

けれど今はこうやって触れられる幸せに、マリーは顔を綻《ほころ》ばせる。それはアレックスを魅了するほどの魅力的な笑みだった。

「まさか同じ人の髪に触れられるなんて、本当に夢みたいです」

「夢じゃない事をもう一度証明しようか？」

悪戯っぽく訊いてくるアレックスに、マリーは上目遣いで睨んだが、アレックスと目が合うとプッと噴き出す。それにつられてアレックスも笑い出し、二人してひとしきり笑い合い、それからどちらからともなく口唇を寄せて――。

「……こんなにキスばっかりしてたら溶けちゃいます……」

「だがマリーを見てるとキスしたくなるんだ」

「……私もです。私もアレックスと凝視《みつ》め合うと、キスしたくなっちゃうんです」

「ならば、もっと凝視め合おうか？」

楽しい事を思いついたとでもいうように、提案するアレックスに、マリーはクスクス笑って抱きついた。

「そうしたら、いつまでも終わりませんよ？」

「オレたちの間に終わる事なんてなにもないよ。なんと言ってもオレたちの愛は永遠だからね。愛してるよ、オレのマリー《マイラブ》……」

「はい、私も愛してます。私のアレックス《マイラブ》……」

言葉遊びをしつつも、二人はチュッと口唇を合わせた。それからクスクスと笑い合い、またチュッ、チュッとキスをして、最後にはしっとりと口唇を合わせる。

もう二度と離れないとでもいうように、しっかりと抱きしめ合い、何度も何度も口唇を啄み、長く長く続いたキスは、積年の想いを伝え合うようで。

そんなキスは教会の鐘の音が鳴り終わるまで続き、マリーにはまるでその鐘の音が、気の早いウェディングベルにも聞こえた。

「まるで二人だけの秘密の結婚式みたいだな」

「私も今、そう思っていました」

まったく同じ事を考えていたのが嬉しくて、にっこり微笑むと、アレックスもクスクス笑って、マリーのお腹を大事そうに撫でる。

「気が合うな。それじゃ、誓いを立てようか？　オレ、アレックスは生涯《しょうがい》をかけて新婦マリーを愛する事を誓う。マリーは？」

「はい、私も生涯をかけて夫となるアレックスを愛します」

お互い笑顔で言いながらも、どこか厳粛《げんしゅく》な気持ちで誓《ちか》いを立てると、なんだかそれらしく思えてきて、マリーは感激のあまりちょっと泣きそうになった。

しかし本当のウェディングベルが鳴るのも、きっとそう遠くない未来。

その時まで涙はとっておこうと心に誓い、マリーはアレックスへ感謝と愛情を込めて最高の笑みを浮かべた。そんなマリーをアレックスは眩しそうに凝視め、マリーの手ごとお腹をそっと包み込んでくれる。

「愛してるよ、オレのマリー」

「はい、私も愛してます。私のアレックス……」

そして二人はごく自然と、またいつ終わるとも知れないキスをして幸せを分かち合い、永久の愛を確かめ合ったのだった——。

あとがき

お初にお目にかかる方が多いと思いますので、まずは初めまして！

そしてお久しぶりの方には、こんにちは！

二十世紀初頭のイギリスを舞台にしたこのお話はお気に召《め》して戴けましたでしょうか？

そこかしこにイギリスらしさをちりばめたつもりですが、花が咲き乱れる季節のイギリスへ旅行に行き、イギリス貴族の生活を垣間見た気分に浸ってもらえたら幸いです。

それにしても今回、男女モノのエッチが入ったお話を書くのは初めてだったのですが、ごく自然と書けちゃいまして、筆が進む進む（笑）。

筆が進みすぎて、思わずエロシーン満載の出来になってしまい、実は担当のMさんに、

「沢城《さわき》さん、エロシーン、一、二個減らしてください」

……とまで言われ、仕方なくエロシーンを減らしたんですよ、これでも！

担当のMさんによれば、エロシーンを減らしたにも拘わらず、ティアラ史上最多エロシーンの部類に入るらしいですよ（笑）。

それでも話の要《かなめ》は押さえたつもりですが、ともかく楽しく読んで戴ければ嬉しいです。

ちなみにエロシーンを書いていて、マリーと四回くらいやりたい気分になりました（なにその具体的な数字・笑）。

そのくらいマリーが可愛くて仕方がないのですが、あなたにも気に入って戴けると嬉しいです。アレックスもオレ様なワリに妙なところでへたれるところが私的にツボだったのですが、いかがでしたでしょう？

普段オレ様な男がデレると、妙に可愛く思えるというか、母性本能をくすぐるというか、そんな感じしませんか？（あれ、私だけ？）

それとスティーヴ！　彼が密かにお気に入りです。執事って、どうしてこんなに萌える存在なのだろう？（あれ、これも私だけ？）

それに無邪気なクレールに陽気なディーノ、どのキャラも愛おしく、もっと出番を増やしたかったのですが、勝手に動く彼らが加わると話が脱線してしまうので、必要最低限にしか登場させられませんでしたが、書いててとても楽しい作品で、ずっと書いていたいくらいでした（笑）。

それからアレックスがよく『オレの《マイ》マリー《ラブ》』と呼んでいましたが、これはアメリカへ嫁いだ親友夫妻がお互いを呼び合う時に使っている言葉です。ごく自然と呼ぶのが素敵だなぁ、と思って、今回使わせてもらいました。

その親友がイギリスへ留学している時に、二回ほど訪ねた事があるのですが、ロンドンのどことなく灰色がかった雰囲気もいいですが、特に湖水地方は最高です。

ウィンダミアの町は本当にとても可愛らしく、空も抜けるように青くてお気に入りなので、今回、作中に登場させちゃいました。

湖水地方にあるピーターラビットの里でもあるヒルトップという村には、ピーターラビットの作者、ビアトリクス・ポターの晩年住んだ家があって、そこは親友が留学当時、プチホテルとして経営されていました。もちろん私はそこへ泊まったのですが、とても素敵なプチホテルだったので、まだ経営されていたらオススメですよ。

それとウィンダミアの町にあるトフィーショップのトフィーが忘れられないほど美しくて美味しかったので、これからイギリスの湖水地方へ行かれる方は是非、ウィンダミアの町にあるトフィーショップへ行ってみてください！

きっとマリーとアレックスみたいにはしゃいで買い物しちゃうこと請け合いですよ～。

イギリスといえばフィッシュ＆チップスも登場させたかったのですが、マリーが外へ出たがらないので、敢えなく断念！

フィッシュ＆チップスをつつきながら、ロンドンの街をデートするマリーとアレックスを書いてみたかったなぁ。

あぁ、でもお貴族様はフィッシュ＆チップスなんて食べないかしら？

でも庶民の出のアレックスなら、平気で食べ歩きしそう。食べ歩きしながらアンティークマーケットをそぞろ歩いたり、そんな二人もいつか書いてみたいなぁ～（妄想中）。

イギリス料理は不味《まず》いとよく言われますが、私は不味い物には当たらなかったですね。

ストに供《だ》された豚の腎臓炒《じんぞういた》めでした。

……あ、唯一ダメだったのが、本文にも登場させているイングリッシュブレックファーストに供《だ》された豚の腎臓炒《じんぞういた》めでした。

アンモニア臭くて、とてもではないけれど、ひと口食べてノーサンキューと言った一品でした。でもそれ以外は、どの料理も美味しく食べられたので、イギリス料理が不味いという印象がないんですよね。

歴史もあって自然もある素敵な土地なので、ぜひぜひ一度、訪ねてみてください。

今回そんなイギリスが舞台のお話を書けて本当に嬉しかったです。

嬉しかったといえば、今回すがはらりゅう先生に素敵なカバーイラストや挿し絵を描いて戴けて、とても嬉しかったです！

執筆中にすがはらりゅう先生が、今回のお話の挿し絵を付けてくださると担当のMさんから聞いて、俄然《がぜん》テンションアップで張り切っちゃいました（笑）。

改稿時にラフを拝見させて戴いたのですが、どのキャラもイメージどおり……いえ、それ以上に素敵に描いてくださっていたので、直しにも力が入りましたよ〜！

これからどんな挿し絵が付くのか、今から楽しみですが、きっと素敵に違いありません。すがはらりゅう先生、作品に色を添えてイメージをより膨らませてくださいまして、どうもありがとうございました。大大大ファンです！　↑告白？（笑）

そして担当のM様には、顔文字付きの変なメールばかりしょっちゅう送って、すみませんでした。そしてメンタル面でも支えて戴き、また的確なアドバイスを頂戴致しまして、どうもありがとうございました！

それにカバーデザインのデザイナー様、校正者様、ティアラ文庫編集部の皆様もどうもありがとうございました！

そしてなによりここまで読んでくださった、あなた。

このお話は書店で手に取ってくださったあなたの為に書きました。読んでくださって、本当にどうもありがとうございました！

この作品に触れたすべての方へ、感謝の気持ちをこのお話に託しますので、どうか受け取ってください。

感想がございましたら、ひと言でもイラストでも編集部へ送ってくださると嬉しいです。

それとツイッターでもごくた〜まに、本当にたま〜につぶやいていますので、よろしければ沢城利穂《さわきりほ》で探してみてください！

読後に少しでも幸せな気持ちになって戴けたら、私もこのうえなく幸せです。

ではでは、またお会い出来ましたら！

沢城利穂

蜜《みつ》愛《あい》　銀《ぎん》伯《はく》爵《しゃく》のシンデレラ

ティアラ文庫をお買いあげいただき、ありがとうございます。
この作品を読んでのご意見・ご感想をお待ちしております。

✦ ファンレターの宛先 ✦
〒102-0072　東京都千代田区飯田橋3-3-1
プランタン出版　ティアラ文庫編集部気付
沢城利穂先生係／すがはらりゅう先生係

ティアラ文庫WEBサイト
http://www.tiarabunko.jp/

著者――沢城利穂（さわき　りほ）
挿絵――すがはらりゅう
発行――プランタン出版
発売――フランス書院
〒102-0072　東京都千代田区飯田橋3-3-1
電話（営業）03-5226-5744
（編集）03-5226-5742
印刷――誠宏印刷
製本――若林製本工場

ISBN978-4-8296-6576-3 C0193

✤原稿大募集✤

ティアラ文庫では、乙女のためのエンターテイメント小説を募集しております。
優秀な作品は当社より文庫として刊行いたします。
また、将来性のある方には編集者が担当につき、デビューまでご指導します。

募集作品

H描写のある乙女向けのオリジナル小説（二次創作は不可）。
商業誌未発表であれば同人誌・インターネット等で発表済みの作品でも結構です。

応募資格

年齢・性別は問いません。アマチュアの方はもちろん、
他誌掲載経験者やシナリオ経験者などプロも歓迎。
（応募の秘密は厳守いたします）

応募規定

☆枚数は400字詰め原稿用紙換算200枚～400枚
☆タイトル・氏名（ペンネーム）・郵便番号・住所・年齢・職業・電話番号・
メールアドレスを明記した別紙を添付してください。
また他の商業メディアで小説・シナリオ等の経験がある方は、
手がけた作品を明記してください。
☆400～800字程度のあらすじを書いた別紙を添付してください。
☆必ず印刷したものをお送りください。
CD-Rなどデータのみの投稿はお断りいたします。

注意事項

☆原稿は返却いたしません。あらかじめご了承ください。
☆応募方法は郵送に限ります。
☆採用された方のみ担当者よりご連絡いたします。

原稿送り先

〒102-0072　東京都千代田区飯田橋3-3-1
プランタン出版「ティアラ文庫・作品募集」係

お問い合わせ先

03-5226-5742　　プランタン出版編集部